다시
만날
세계
에서

다시
만날
세계
에서

내란 사태에
맞서고 사유하는
광장의 여성들

강유정
김후주
오세연
유선혜
이슬기
이하나
임지은
전승민
정보라

안온

차례

강유정

빛의 호위, 다정한 서술자들의 연대

나보다 너를
향하는 정치,
나란히
지켜보다가도
4인칭의 시점에서
조감도로
내려다볼 때
훨씬 더 아름답게
보이는 빛의 호위.

0. 너에게

너를 처음 본 건 어쩌면 아주 오래전일지도 모르겠다. 하지만 가장 명확히 기억나는 순간을 떠올리자면 12월 3일 급하게 국회로 뛰어온 내가 경찰들에 가로막혀 이러지도 저러지도 못하다가 직급깨나 있어 보이는 사람에게 국회 직원임을 밝히며 문을 열어줄 것을 요청했으나 어디선가 들어본 듯도 처음 듣는 듯도 한 강압적인 말투와 이해할 수 없는 말들로 거듭 거절을 당하던 그때, 담을 넘는 사람들이 있다고 누군가가 알려주었고 그 담을 향해 갔더니, 거기서 네가 발을 받쳐줄게요, 라고 말했던 것도 같다. 아니었나? 12월 3일의 밤이 4일로 넘어가던 그 추운 날, 이제 계엄이 해제 의결되었다고, 많은 수의 너희가, 안심하며 국회를 떠나던 그 시간에도, 몇몇 앳된 군인이 연신 '죄송하다'

9

며 고개를 숙이며 떠난 이후에도, 네가, 네가, 혹시 그들이 다시 올 수도 있다고, 다시 계엄이 선포될 수도 있다며, 네가, 너희들이 지켜주겠노라, 국회의 담벼락에 붙어 있던 그 순간이 처음이었던가? 그때 너를 처음 보았던가?

시간을 조금 거꾸로 돌려 상상해본다. 2024년 12월 3일 화요일 바로 그날, 계엄 선포가 있기 한 시간 전 정도, 저녁 9시 즈음에 너는 어디서, 무엇을 하고 있었을까. 편의점에서 아르바이트 중이었을까. 기말고사가 한창이니 학교 도서관 열람실에서 공부하던 중이었을까. 아니면 친구들과 즐겁게 수다를 떨거나 한강변을 뛰고 있었을까. 연인과 차를 마시거나 혼자 영화를 보고 있었을까. 지하철에 앉아 이어폰을 꽂고 자주 들르는 온라인 커뮤니티 게시판을 무심히 들여다보고 있었을까. 못 챙겨 본 오늘의 쇼츠를 넘기며 늦은 퇴근길의 무료함을 견디고 있었을까. 그것이 무엇이든 너, 너, 너희들은 매일이 매일 같은, 그래서 오히려 감사한 일상을 살고 있었겠지?

그렇게 다르고 많았던 '너'의 일상은, 그리고 밥 먹

고, 차 마시던 나의 일상다반사는 12월 3일 10시 30분 이후 딱 붙어버렸어. 갈아졌어. 하나의 바람을 갖게 되었어. 일상이 증발되어 사라진 듯했어. 12월 4일 구내식당의 메뉴 알람을 보고 뒤늦게 울컥 울어버린 이유야. 12월 4일 수요일 아침의 구내식당 메뉴를 안내받고, 또 하얗게 지어진 쌀밥을 떠서 먹을 수 있다는 것에 갑자기 울컥했지. 어쩌면, 그 하얀 쌀밥을, 아침 메뉴 공지를, 그렇게 하루가 하루답던 무료하고도 평범해서 고마운 일상을 잃었을지도 모르는 거야. 너희들이 아니었더라면, 장갑차 앞을 겁도 없이 가로막고, 국회 앞에서 밤을 새운 너희가 없었다면 말이야.

빛은 섞일수록 투명해진다고 하지? 정오의 빛에는 색이 없어. 하지만 저녁은 색을 갖고 있지, 너희들은 저녁의 붉은색을, 밤의 검은색을 형형색색의 빛으로 그리고 투명한 밝음으로 바꾸었어. 검은 그림자를 없애주었어. 마치 정오처럼. 12월 3일, 네가 광장과 거리에 나타나고부터 저녁의 색이 밤의 검정이 견딜 만해지고 참을 만해졌어. 점멸하는 빛의 형태, 그건 빛의 호위였어. 그 빛의 호위는 아직도 진행 중이야. 네가 있는 그곳에

네가 있어야만 한다는 것, 그것이 이렇게 너를 부르며 시작하는 이유야.

1. 우연과 필연 사이

　　12월 3일 계엄이 있었고, 12월 4일 이후부터 여의도 국회의사당 앞에 응원봉의 빛들이 모이기 시작했다. 12월 14일 마침내 내란수괴 윤석열의 탄핵안이 가결되었고, 2025년 2월 19일 현재 헌법재판소에서는 아홉 번째 피청구인 윤석열의 탄핵 심리가 진행 중이다. 이 글은 12월 14일 내란수괴 윤석열 탄핵의 한가운데에서 빛났던 호위와 연대의 의미와 가치를 되짚기 위해 기획되었고 또한 수락되었다.

　　그러나 기획과 청탁, 집필 사이에 '또' 많은 일이 있었다. 수많은 우연과 필연, 사고와 사건이 겹치고 스쳤다. 내란수괴 윤석열의 체포 과정에서 윤석열은 극우 지지 세력을 결집하는 기괴한 선동문을 소셜 미디어에 게재한 바 있다. 권위와 역사를 자부하는 수많은 언론이 그 선동문을 싣고 날랐다. 널리 퍼졌다. 누군가를 건

드렸다. 통했다. 관저 앞으로 그동안 한국 사회에 등장한 바 없었던, 정체를 알 수 없는 극단적 사상의 '지지자'들이 모여들기 시작했다. 그들이 자랑스레 전시하는 생물학적 '청년'도 있었다. 보수 언론들은 광장의 '빛'과 관저 앞 '청년'을 일부러 크롭 아웃하고 줌인해 과장해서 대조, 비교하기 시작했다. 기준은 여러 가지였다. 반탄, 찬탄이기도 하고, 종교이기도 하고, 젠더이기도 하고, 연령이기도 했다. 그러나 그들은 내란수괴의 선동에 감응한 한 줌의 영혼들일 뿐이다.

우리는 어떤 상황에 대해 개인의 선택을 존재 자체로 규명하거나 설명해서는 안 된다. 근거는 그 행동이어야 한다. 국회 앞과 남태령, 광화문 그리고 관저 앞 도로에서 눈을 맞고 밤을 새운 키세스 부대는 응원봉을 들고, 케이팝을 부르고, 추위를 견디며 누군지 모르는 이들을 위해 먹을 것과 덮을 것, 추위를 녹일 것들을 나누었다.

관저 앞 '청년'들은 훨씬 동적이었다. 움직인다. 그런데, 그 움직임이 폭력을 동반했다. 사태는 1월 19일 서부지법 점거 및 파괴 폭거로 격화되었다. 윤석열에 대한 구속영장이 발부되자 영장을 발부한 판사를 색출해 공격하려 했고 그 판사의 근무지인 서부지법을 깨고 부수었다. 불살라버리려 했다. 다시 말하건대, 사람을 존재, 나이나 성별, 학력, 지역으로 나눌 수는 없다. 하지만 행동으로 구분할 수는 있다. 폭력은, 폭행은, 폭도는 그 어떤 이유든 납득될 수도 설득될 수도 허용될 수도 없다. 그러나 그런 일이 발생한 것이다.

　　경찰 부상자가 56명, 민간인 부상자가 41명, 시설물 피해는 말할 것도 없고 체포된 자만 무려 107명이었다. 구속된 66명 중 청년이라 부를 수 있을 십대에서 삼십대 사이가 전체 46퍼센트인 30명이었다(2025.02.19 기준). 이 글을 처음 기획하고 청탁받을 때만 해도 이런 상황이 있으리라, 이런 행동이 전개되리라, 이런 행동을 저지를 자가 출몰하리라 예상하지 못했다. 한번 씨앗을 틔우고 준동한 극단적 행동주의자들은 이제 헌법재판소로 힘의 방향을 바꾸어 위력 행사 중이다. 그리고 정말이지 무서운, 존재에 대한 혐오가 구석진 그늘에서 공적 언어의 세계로 넘어오고 있다. 특정한 국적 자체가 결격 사유처럼 취급되고 일종의 통과의례 및 조건처럼 제시되어 전도된 존재 검열을 강제한다. 혐오가 넘실대는 곳에 있는 사람들은 그 연령이나 성별을 따질 것 없이 위험하고 극단적인 존재이다. 우리 사회가 허용해서는 안 될, 최소한의 약속을 어긴 자들이다. 헌법재판관을 겁박하고, 주거지 근처에서 대놓고 목숨을 위협한다. 그러므로 더욱 빛에 대한 기록과 재구성이 절실하다. 어둠은 빛으로 사라지고, 빛은 어둠을 물리칠 수 있으니 말이다.

2. 고독에 대하여

1990년대 이후 태어난 동시대인들은 물질적 특혜를 입었음이 분명하다. 과잉과 소진, 폭식과 거식의 이분법이 가능하다면 이 시대의 핵심적인 변화로 배고픔은 견뎌야 할 상태가 아니라 자기 관리의 일부가 되었다는 점일 테다. 식이요법으로 해석 가능한 다이어트의 시대를 경유했기 때문이다. 이는 비단 먹거리에만 해당하는 이야기가 아니다. 1990년대 이후 생들은 본격적 디지털 네이티브 세대로 호명된다. 인터넷 포털사이트,

월드와이드웹, 웹메일 시스템이 개인화 서비스를 시작해 초등학교 시절부터 내내 상용화되어왔다. 2000년대 이후 동시대인의 휴대성과 접근성, 상용성은 훨씬 더 빠르고 필연적이다. 2000년대생 이후의 청년들은 스마트폰 네이티브라고 할 수 있다. 인터넷 플랫폼에서 지식을 얻던 세대는 점차 소셜 미디어 플랫폼으로 옮겨 갔지만 과잉 정보는 여전하고 그것에 대한 처리 속도로서 개인의 용량은 여전하다. 쏟아지는 정보를 이해, 정리하거나 도식화할 시간이 새로운 정보에 밀리는 세대, 잠시 잠깐 눈을 떼면 새로 갱신되는 소셜 미디어의 빨간 배지 숫자와 읽지 않는 페이지뷰가 늘 산적한 세대가 바로 지금 우리의 동시대 청년 세대라 해도 틀리진 않다. 지금 청년들은 늘 어딘가에 접속해 있지만 정작 자기만의 알고리즘을 만들어낼 여유가 부족한 세대가 아닐까. 어쩌면 너무 많은 접속으로 고독해진 최소 연대의 삶이 바로 지금 청년 세대의 형편일지도 모르겠다.

청년들에게 온라인 커뮤니티와 소셜 미디어가 중요한 네트워킹 시공간인 이유도 여기에 있다. 한나 아렌트는《인간의 조건》에서 사적인 삶을 타인이 부재한 상태로 본다. 연대의 상실과 공적 관계의 결핍이 사적인 삶이라는 것이다. 공론 영역에서 격리되고 단절되어 주관적 욕구와 가치에 묶일 때 그건 친밀한 사적 영역이 아니라 무세계, 세계의 없음이다. 나만 있는 세계란 세계가 없는 것과 같다는 의미이다. 정보 과잉의 디지털 네이티브 공간은 아렌트식이라면 매우 사적인, 연대 결핍의 세계로 보이기도 한다. 종일 스크롤을 내리며 손가락으로 클릭하는 온라인 세계는 스마트 디바이스의 액정으로 세상과 접촉하는 사적인 사람들이 상징적 계급의 문제와 고립성에 둔감해지는 맥락과 무관하지 않다. 타인이 부재한 사적인 삶이란 곧 고독한 삶이다. 소셜 미디어, 24시간 릴스, 온라인 커뮤니티, 게시물과 댓글의 교호 작용 속에서 동시대 청년들은 점점 더 고독해진다.

고독이란 무엇일까? 사전에 의하면 고독이란 세상에서 홀로 떨어져 있는 듯이 매우 외롭고 쓸쓸한 상태를 뜻한다. 가르시아 마르케스의 대표작 《백년 동안의 고독》은 고독에 대한 훌륭한 주석이자 탐구서이다. 마콘도라는 가상의 마을에 칩거한 한 가문 일족의 파멸은 공적인 삶을 버리고 사생활, 고독에 기대어 산 결과이다. 부엔디아 가문 사람들은 연구실에 틀어박혀 일생 내내 연구를 하거나 근친상간의 사랑에 빠진다. 연구와 근친상간의 공통점은 바로 외부, 차이와의 단절이자 폐쇄성이다. 고독은 단절의 대가다. 부엔디아 가문은 역사와 세계로부터 도망쳐 자신들만의 공간에 숨어들지만 혹독한 대가를 치르게 된다. 공공의 연결을 잃은, 타인이 부재한 무세계의 대가도 마찬가지다. 아무리 엄혹한 현실일지언정 맞서서 대면하지 않는다면 돼지꼬리가 달린 기형적 결과물과 만날 수밖에 없다. 고독은 결코 지울 수 없는 흉터를 남긴다.

바보를 뜻하는 '이디엇(idiot)'의 어원에는 사적인 삶만 사는 자가 포함되어 있다. 사적인 삶만 있는 자가 바로 바보이다. 한나 아렌트는 사적인 삶만 있는 자들의 바보 같은 삶을 경계했다. 한나 아렌트의 저서 《예루살렘의 아이히만》에 등장하는 '악의 평범성'은 그런 의미에서 악의 세속성이자 악의 고독성, 직업적 순응성이라 바꿔 부름이 더 적합해 보인다. 나만의 삶에만 충실한 사람, 나만 중요한 사람, 무관계성 속에서 타인이 중요하지 않은 사람. 그래서 타인을 끌어내고, 감금하고, 폭사하고, 고문하는 상상을 하는 사람 그리고 그런 사람들 곁에서 동조하고 흥분하는 사람들. 사회와 동떨어져 연대하지 않는 자, 그들은 고독한 척하지만 사실상 악한 자일 수 있다.

　　이는 한편 사회와 동떨어지고 고립되어 숨은 은둔자 유형, 히키코모리가 작은 모니터 혹은 스마트 디바이스의 액정을 통해 세상을 접할 때의 위험성과 통하기도 한다. 베르나르도 아차가의 장편소설《오바바 마을 이야기》에는 평생 창 하나만 바라보며 서재 안에 갇혀 사는 위르펠이라는 인물이 등장한다. 그에게는 서재에 뚫려 있는 창이 곧 세상이다. 어쩌면 지금 우리의 교류 환경은 위르펠과 다르지 않을 듯싶다. 우리 주변의 어떤 은둔자들에게는 바로 모니터 혹은 스마트폰 액정이 세상이다. 그들에게 사회적 참여란 온라인 커뮤니티나 기사에 댓글을 남기고, 가상의 전투에 참전하는 것일 수도 있다. 이런 무세계성에서 계급은 자존감의 매우 중요한 근원이 된다. 온라인에서 계급을 획득하는 데 중요한 요소는 결국 아래 등급의 확보이다. 문제는 가상

세계를 벗어나 현실의 계급과 마주칠 때 발생한다. 무관계성 가운데 고독한 자들은 '아래'를 상상하는 게 차라리 쉽다.

3. 자유

중요한 것은 선택이다. 스마트폰에서 송출되는 어떤 재현 이미지를 보고 누군가는 신발을 신고, 누군가는 외투도 잊은 채 여의도로, 국회의사당으로 뛰어왔다. 고독하게 창을 통해 세상을 보는 데 멈추지 않고, 직접 발을 내디뎌 현실을 촉감한 자들이 있는 것이다. 일종의 조건반사 같은 것이었다. 어두운 곳에 갑자기 빛을 밝히면 동공이 축소되듯이, 살아 있는 자에게 동공반사가 생겨나듯이. 그렇게 살아 있는 자들의 반사처럼 12월 3일 수많은 시민이 국회의사당으로 모여들었다. 가만히 있지 않았다. 포고령이 지시했지만 가만히 있지 않았다. 지키고 싶었던 것이다. 우리의 일상을 그리고 어렴풋하지만 '자유'를. 그러니까 자유의 가치를 지키고 싶었던 것이다.

자유란 무엇일까? 윤석열이 대통령 연설 때마다 강조하는 그 자유란 것 말이다. 윤석열은 마치 자유가 시민들을 줄 세워 연공서열을 매긴 후 불하할 수 있는 것처럼 굴었다. 그것이 우리에게 본래적으로 있는 게 아닌 것처럼 굴었다. 그런 불하에 응하지 않자 일거에, 단숨에 빼앗으려 했다. 빼앗아야 불하 가능하니까.

윤석열이 불하하고 싶었던 자유민주주의라는 상품은 혐오를 바탕으로 육성된다. 공포는 특정한 행위를 통해 형성되지만 혐오는 존재 자체로부터 비롯된다. 지금껏 한국의 보수 정치는 특정한 행위에 대한 공포를 주입시키려 해왔다. 전쟁, 북한의 도발 등 말이다. 윤석열 정권은 그뿐만 아니라 중국, 민주, 노동과 같은 단어들이 들어간 존재 자체를 악마화함으로써 존재 자체를 혐오의 대상으로 만들었다.

계엄은 그런 존재 자체를 쓸어버리려 했던 이념의 제노사이드, 사상제거기획이었다. 전국민을 사상의 원심분리기에 넣어버리고 싶었던 모양이다. 포고령이 무논리의 '처단' 명령어로 이루어진 이유가. 그게 바로 윤석열식의 다시 만든 세계였다.

모든 것이 가능하다는 믿음은 곧 모든 것을 파괴할 수 있다는 전체주의와 통한다. 인간은 태어나 죽을 수밖에 없는 유한성 속에 있기에 삶을 사유할 수 있다. 사유하는 인간은 결코 고독 속에 묻혀 전체주의적 신앙에 쉽게 빠져들지 않는다. 맹신의 극우주의는 다르다. 극우는 신념이 아닌 복종을 요구하기 때문이다. 그러므로 무세계성과 무관계성, 인간성에 대한 무고찰이라는 점에서 고독과 복종은 동전의 양면처럼 붙어 있을 수밖에 없다. 그렇다면 과연 복종의 반대는 무엇일까?

자유이다. 자유란 우리가 선택하는 참여를 통해 실현되는 삶의 각주이다. 삶은 선택된 참여의 지평들을 통해 한 줄 한 줄이 쓰여 이야기를 갖게 된다. 이러한 참여를 가리켜 문화라고 부른다. 고독하게 혼자 복종하는 것이 아니라 참여하여 관계 맺는 것, 그 선택을 바로 문화라고 부른다. 문화를 선택하고, 향유하고, 소비하고, 소유하는 것이 곧 자유이다. 한편 자유를 가져야 선택하고, 향유하고, 소비하고, 소유할 수 있다. 청년들은 자유라는 추상을 찾기 위해 광장을 찾아 응원봉을 흔들었다. 이렇게 공간과 소재, 사건과 선택이 연결되어 형성된 각주, 그게 바로 문화이다.

응원봉을 들고 자유의 가치를 지키기 위해 여의
도로, 남태령으로, 한남동으로, 광화문으로 모이는 분
중에 2030 젊은 여성이 많은 이유는 이와 연관된다. 최
근 문화 상품 소비의 주축은 2030 여성이다. 통계가 보
여준다. 토요일 집회가 있을 때마다 독립서점들의 매
출이 줄어든다는 서점 관계자의 푸념을 웃어넘길 수만
은 없다. 책을 읽는 자들이 토요일 집회에 나간다. 책
을 읽는 문해력이 문화와 독재를 읽고, 자유를 갈망하
는 집회가 문화와 연결되고 닿아 있는 것이다. 2030 여
성의 문화 소비는 '가치소비'로 요약된다. 가치 있다 생
각된다면 그 소비재가 무엇이든 진심으로 전력을 투자
한다. 이는 지금껏 청년 세대의 주류 가치로 여겨졌던
'가성비'와 대조된다. 가치 있는 것이라면 아깝지 않다.
돈도, 시간도, 열정도. 그리고 지금 2030 여성에게 자유
와 민주주의는 그렇게 투자해도 아깝지 않은 선택의 대
상, 자유의 표상, 문화적 대상이 되었다. 전통적 의미의
정치적 각성이나 관여가 아니라 자유라는 가치를 지키
려는 의지와 관계성에 대한 진심이 전력 투사된 물리적

공간이 바로 광장이다. 이러한 광장을 지키고 싶어 점점이 불빛들이 모여들었다. 자신이 가장 아끼는 응원봉을 들고.

12월 3일 이후 지금까지 우리가 매번 광장에서 목격하는 것은 이미 존재하는 문화의 재현, 재연, 전유가 아니라 그 자체로 발생하고, 연속되며, 덧보태고, 확장되는 문화이다. 자유는 추상적이며 아스라하다. 12월 3일 육중한 물체성이 도로를 점거하고, 의사당을 점유했을 때 경계와 구분, 계층과 성별을 넘어 추상적으로 경험했던 자유가 박탈당할 위협을 느꼈다. 그리고 결코 상상해보지 않은, 발 디뎌보고 싶지 않은 자유를 빼앗긴 미래를 막기 위해, 두려운 삶을 떨치기 위해 광장에 모였다.

이 과정에서 응원봉의 빛으로 감수성은 연결되고 증폭되었다. 응원봉의 다양성, 모두 다르지만 어울리는 빛의 조화와 호위, 뒤섞임의 감성, 부표에 머무는 나뭇잎처럼 그렇게 잠시 모였다 다시 자신의 공간으로 흩어지는 우연한 일시성, 그러나 약속이나 한 듯 다시 모여드는 색색의 동시성, 탄핵 플레이리스트로 구현된 케이팝의 현대성이 광장을 공감과 연대의 공간으로 변화시켰다.

칸트에게 감성은 인간이 외부 세계에서 오는 자극을 시간과 공간이라는 선험적 형식 속에서 수용해 현상으로 인식하는 수동적인 직관의 능력이다. 촛불이 무엇인가를 지켜내야 하는 연약한 불이자 소망이라면 응원봉은 어둠 속에서 길 잃은 누군가를 안내해줄 하나의 표지이자 신호이다.

윤석열 내란수괴 집단이 노렸던 것도 공교롭지만 감성이다. '스탑 더 스틸'로 요약되는, 무엇인가를 빼앗기고 있다는 억울함, 분노, 가상의 계급주의에서 오는 위기감을 비논리적 감성의 인화제로 제공한다. 극우 세력에게 감성이란 분노와 같은 극단적 감정의 기폭제로 활용되곤 한다. 연쇄적으로 발화할 수는 있으나 확산의 지속성을 감당하기는 어렵다.

광장은 대한민국의 역사에서 희생과 항거, 투쟁과 피로 얼룩진 민주적 감성의 공간이었다. 광장이 이처럼 따뜻한 온도를 지닌 것은 2024년 12월이 처음이다. 빛의 호위 덕분이다. 빛이 퍼져 나갈 수 있었던 것은 그

빛이 광장에 모여들었기 때문이다. 더 많은 빛이 모여들 수 있었던 것은 광장이 빛만큼이나 넓기 때문이다. 선후관계를 알 수 없는 이 강인한 연대력과 흡입력으로 빛은 이미 하나의 문화가 되었다. 앞으로 우린 소중한 것을 지키려 할 때 자신에게 소중한 빛을 들고 광장에 나가게 될 것이다.

무엇보다 놀라운 것은 그 빛의 호위성과 무해성이다. 수평폭력이 만연한 윤석열식 혐오 정치와 달리 수평적 연대가 현실화되었고, 추위를 견디는 생존 정보가 나누어졌으며 선결제와 방한 정보, 방한용품도 공유되었다. 비정치적인 정치 결합이라는 점도 중요하다. 인생 최초로 '탄핵'과 같은 정치 용어를 써본다는 참여자도 많았다. 자신의 자유를 자신의 손과 행위로 지키겠다는 것이며 특정 정당, 특정 정치적 계파 선호도에는 분명히 선을 긋기도 했다. 조직되지 않은 조직이 한꺼번에 광장에 쏟아졌다.

너, 너, 너, 너, 너희들이 하나둘 우연히 모여 시작된 2인칭 정치의 시작, 나보다 너를 향하는 정치, 나란히 지켜보다가도 4인칭의 시점에서 조감도로 내려다볼 때 훨씬 더 아름답게 보이는 빛의 호위, 언젠가 결국 하나의 서사시를 쓴다면 가장 아름다운 부분에 등장하게 될 빛의 호위, 다정한 서술자들의 연대가 바로 지금 광장의 불빛이다.

강유정

문학평론가, 영화평론가, 정치인. 2005년 동아일보 신춘문예 영화평론 부문과 조선일보, 경향신문 신춘문예 문학평론 부문을 수상하며 작품 활동을 시작했다. 지은 책으로 《오이디푸스의 숲》, 《타인을 앓다》, 《스무 살 영화관》, 《영화 글쓰기 강의》, 《시네마토피아》 등이 있다. 제22대 국회의원, 더불어민주당 원내대변인.

김후추

남태령:
꺼지지 않을
연대의 불꽃

남태령에서
각성하여 말벌로의
이행이 일어난
사람들을 현장에서
무수히 만나며,
서로를 알아보고
껴안으며, 아직도
끝나지 않는 싸움을
계속해나가고 있다.
연결되고 분산되고
변화무쌍하게. 하지만
강력하게.

2024년 12월 21일, 남태령 대첩. 12·3 내란범과 내란 동조 세력 퇴진 및 처벌, 식량주권 수호와 농민의 생존권, 차별 철폐, 평화통일 등의 메시지를 담은 새로운 폐정개혁안[1] 12개조를 기조로, 전남과 경남에서 트랙터를 끌고 올라온 전봉준 투쟁단이라는 이름의 농민들이, 출발한 지 일주일 만에 도달한 서울과 경기도의 경계인 남태령에서 경찰의 폭력적 진압과 경찰 버스의 굳건한 차 벽 앞에 행진을 방해받고 무려 서른세 시간의 치열한 싸움 끝에 한남동 대통령 관저 앞까지 안전하게 행진한 트랙터 행렬이, 결국은 농민과 시민의 연대가, 승리하게 된 동짓날 밤의 기적 같은 이야기.

남태령이라는 세 글자만 봐도 가슴 한쪽이 괜스레

---

1 1894년 동학농민군이 제시하고 요구한 사회 개혁안.

찡해지는 이도 있겠지만, 또 남태령이 도대체 뭔지, 왜 중요한지, 어떻게 가능한지 궁금해하는 이들도 많다. 나는 그날 그곳에 모인 모든 사람과 그 사람들의 마음, 실천과 연대가 이 세상을 조금 바꿔놓은 것을 직접 목격하고 체험하고 나서는 전처럼 게으르게, 잠든 채 살 수 없겠다고 마음먹게 되었다. 온라인 소셜 미디어 플랫폼 트위터(현 'X')를 통해서 전혀 접점이 없을 것 같던 두 집단, '농민운동 투쟁단'과 '비농민 시민(특히 청년 여성들)'의 연결고리가 되었던 경험은 내 일상을 송두리째 바꾸어놓았다. 요즘은 본명보다 '향연'이라는 트위터 닉네임으로 날 소개해야 하는 경우가 많다. 향연이라고 나를 소개하면 "아! 남태령!" 하고 신기해하며 반가워들 하신다. '남태령' 깃발을 들고 걷고 있으면 사람들이 불러세워 손과 주머니에 크고 작은 응원의 선물들을 쥐여주며 나를 안아준다. 점점 많은 사람이 날 알아본다. 불법 비상계엄 이후 퇴진운동의 일환으로 이루어진 농민운동에 대한 정보를 나처럼 많이 흡수한 사람은 없을 것이다. 그리고 남태령의 기적 같은 승리가 어떻게 가능했는지 가장 잘 아는 사람도 나일 것이다. 나는 '벼락 활동가'가 되어서 '말벌 시민'으로서 깃발을 들고 여기저기에 연대하며 온라인으로 활발하게 활동 중이다. 이 글을 쓰는 중도 현장을 돌아다니고 사람들과 교류하고, 대화하고, 글을 쓰고, 강연하고, 발표하고, 아카이빙하고, 연구하고, 남태령을 보존하고 기억하기 위한 다양한 활동 또한 병렬 진행하고 있다.

변화의 시작은 '상여투쟁'이었다. 나는 충남 아산에서 유기농 배 농사를 짓는 전업 청년 여성 농업인이다. 청년 여성으로 농사를 짓기란 쉬운 일이 아니다. 심히 낙후된 농업의 현실, 지역에서 아직 만연한 각종 차별과 불평등 속에서 악전고투하다 보니 자연스럽게 목소리를 내기 시작했다. 그러면서 아주 오랫동안 부조리에 저항해오신 농민 선배님들을 알게 되고 관계를 형성하게 되었다. 그 인연을 밑바탕으로 전봉준 투쟁단의 상여투쟁이 탄생했다. 2024년 12월 7일 탄핵 표결이 여당 단체 퇴장으로 무산된 직후, 내란범 당사자뿐만 아니라 그에 동조한 국민의힘에 대한 분노도 극에 달했을 시기에 국민의힘과 윤석열 장례식 퍼포먼스가 유행했다. 근조화환 러시, 육개장 컵라면 먹기, 상복이나 조문

객 차림으로 축문 읽기 등 화려한 퍼포먼스의 항의 표
시가 한창이었다. 그걸 보고 있자니 화환으로는 좀 약
하고 진짜 보내드리려면 상여 정도는 올려야 되는데 농
민운동하시는 선생님들 말고 상여가를 누가 부르시겠
나, 하는 생각에 전농이 상여투쟁을 하면 좋겠다는 트
윗을 올렸다. 그러자 그 게시물이 폭발적으로 바이럴되
었다. 바로 전봉준 투쟁단 선생님께 카톡으로 연락했
다. 상여투쟁을 여의도 집회에서 한번 보여주시면 안
되겠냐 여쭤본 뒤 전농 후원 계좌를 알려달라고 해서
상여투쟁을 독려하는 후원을 해주십사 하는 후속 트윗
을 올렸다. 소소하게 관심과 후원을 받으면 응원이 될
것으로 생각해 가볍게 올린 글이었다. 그런데 곧 전농
에서 후원이 너무 많이 들어와서 후원 글 좀 내려달라,
상여 준비하기가 어려운데 이렇게 돈 받아놓고 상여 못
올라가면 시민분들에게 배신자가 될 것 같다, 걱정하는
연락이 왔다. 놀란 나는 그 글들을 지우고(지금 생각하면
너무 아까운 일이다), 새로운 입장문을 올렸다. "죄송하다.
바로 상여 올리는 게 어렵고, 대신 트랙터가 온다. 조금
만 기다려달라." 그러자 트랙터가 오면 오히려 더 좋다

면서 잠깐 멈췄던 후원이 다시 시작되었다. 트랙터 투쟁이 너무 힘들고 철저한 준비가 필요할 뿐 아니라 전국적인 단위로 움직이는 최후의 대규모 투쟁 방식이기 때문에 여기에 전력을 다해야 하는 상황에서 상여를 준비할 수 있는 여력이 없었을 텐데도 결국 시민들의 열화와 같은 후원과 응원에 힘입어 상여 퍼포먼스도 성공리에 진행되었고 후원은 멈추지 않았다.

내 트윗 때문에 투쟁단이 너무 무리하게 된 것 같다는 책임감과 죄책감으로 자발적 미디어 봉사활동을 본격적으로 시작하게 되었다. 전농으로부터 직접 받은 기본적인 데이터를 트위터 친화적으로 잘 꾸며서 재밌게, 보기 좋게 게시했다. 곧 현재 전농의 상황을 가장 빠르게 볼 수 있는 채널이 나의 트위터 계정이 되었다. 전농, 전여농의 공식 홈페이지에서도 농민분들의 투쟁 현황과 소식을 자세히 알 수 없었기에 자연스레 전봉준 투쟁단의 홍보처 역할을 하게 되었고, 사람들의 관심 역시 의도치 않게 우발적으로 폭발했다.

12월 16일에 시작한 트랙터 행진 대열은 동군, 서군이 천안에서 만나 12월 21일 수원에 도착했다. 같은 날 아침 수원에서 출정을 시작하는데 트랙터가 한 대가 상차 중에 전복되는 사고가 발생해 시작부터 조금 안 좋은 기미도 있었다. 하지만 계획대로 출정했고 다른 날들과는 조금 다른 분위기였다. 트랙터 투쟁은 이제껏 여러 번 있었지만, 서울까지 진입한 적은 단 한 번도 없었다. 경기도, 그러니까 서울 직전까지는 괜찮았다. 지방의 경우는 오히려 트랙터 행렬 앞뒤로 경찰이 에스코트를 해주고 도로를 정리한다. 사고를 예방하는 동시에 교통 체증 없이 이동하도록 도와주는 역할을 하는 것이다. 하지만 서울에서는 언제나 가혹하게 진압당했다. 이번에는 좀 다르려나 싶은 작은 기대도 했겠지만, 어쨌든 늘 그래왔듯 서울은 못 들어갈 수도 있겠다는 생각으로 약간 비장하게 행진을 시작했다. 과천 쪽에서 올라올 때는 "남태령 전방 4킬로미터"라며 군사작전하듯이 빠듯하게 보고를 해주셨고, 나는 트위터에 "현재 시각 12월 21일 오전 11:57. 전봉준 투쟁단 트랙터 대행진 남태령을 4킬로미터 앞두고 있습니다!! (이모티콘들)" 이렇게 트윗했다. 12시 15분경부터 트랙터 행렬이 경찰들에게 사방으로 포위되었고 강압적으로 진압

당했다. 트랙터 유리문을 부수어 고령의 운전자를 강제로 끌어내리고 그걸 막는 과정에서 농민들을 때리고 밀어 넘어뜨리는 등 폭력 상황이 발생했다.

"어떻게 할까요? 향연 님. 혹시 제가 남태령으로 가야 하나요?" 상황을 묻는 쪽지와 맨션이 쏟아졌다. 농민들이 위험한 상황인 것을 감지한 시민들은 바로 현장에 뛰어들기 시작했다. 남태령의 트랙터 길은 막혔지만 전농 의장님이 따로 광화문의 비상행동 집회에 참여해 남태령의 상황을 알리는 발언을 진행했다. 이 발언으로도 광장에 있던 많은 사람이 전봉준 투쟁단의 고립 상황을 알게 되었다. 광화문 본집회에 가려다가 소식을 듣고 바로 남태령에서 내려버린 분들, 광화문에서 트랙터를 기다리다가 남태령 소식을 듣고 달려온 분들, 한참 뒤에 상황을 알고 합류한 분들……. 그렇게 속속 시민들이 남태령에 도착하면서 남태령에서 작은 문화제가 시작되었다. 전봉준 투쟁단은 마이크 하나, 앰프 하나에 '바가지'라고 부르는 트랙터 로더를 꼬마전구로 꾸며서 정강이 정도 올라오는 작고 귀여운 무대를 마련했다. 민중가요에 맞춰서 춤을 추고 노래를 부르고 자유발언도 하고 구호도 외치고 상황이 어떻게 된 건지 설명하기도 하면서 농민들과 시민들은 울고 웃다가 점점 한 덩어리가 되어갔다. 그 누구도 기획한 적 없고 아무것도 준비되지 않았던 그곳에서 어쩌면 진정한 의미의 민주주의적 시민 공론장이 펼쳐졌다. 우발적인 현장이 품은 진정성은 어떤 거대한 무대보다 감동적이었고 사람들을 끌어들이는 힘을 가졌다. 그 작은 무대에 누가 올라가서 어떤 말을 언제까지 하든, 농민들과 시민들은 끝까지 경청하고 손뼉 치고 호응했다. 무대에 오르면 코앞에서 내 말을 듣는 사람들의 눈망울이 보였고 그 사람들의 표정과 감정을 감지할 수 있었다. 그건 일방적인 연설이라기보다는 조금 큰 규모의 마음을 터놓은 대화였다. 분량이나 주제의 제한이 없는 진정한 의미의 시민 자유발언이 가능했다. 위태로우면서도 날카롭기도 하고 의아하면서도 한없이 포근하기도 한 공론장이 밤새 계속되었다.

무엇보다 자신의 정체성을 밝히고 시작하는 자유발언의 새로운 전통이 남태령에서 탄생했다는 사실이 의미심장했다. 농민뿐만 아니라 자신을 성소수자, 페미니스트, 도시빈민, 청년, 청소년, 전세 사기 피해자, 노동자, 성폭력 피해자, 가정폭력 피해자, 국가폭력 피해자, 교포 2세, 유가족, 활동가, 지방민, 장애인 등 사회적 약자이거나 소수자성을 가진 사람들이 자신을 소개하는 것으로 발언을 시작하며 시민 자유발언의 새로운 지평을 열어냈다. 하나의 목적, 목표에 대한 추동뿐만이 아니라 자신의 고유한 역사와 이야기 속에 세상을 더 나은 곳으로 바꾸자는 염원이 담긴 간절한 소망을 나누는 자리가 남태령에서 시작되었다. 자기가 누군지, 왜 여기 왔는지, 어떤 생각과 감정을 갖고 있는지, 세상이 어떻게 바뀌었으면 좋겠는지, 지금 여기에서 무엇을 느끼고 있고 어떤 희망과 절망을 갖고 있는지 허심탄회하게 이야기하고 공감받고 서로, 그리고 스스로 치유하기 시작했다. 그리고 그런 자기소개를 들은 남성, 성다수자(?), 대학생, 경상도 출신, 기성세대, 가부장, 중산층 등 소위 기득권으로 자신을 분류하는 발언자들도 그 전통에 따라 자신의 정체성을 밝히며 소수자에 대한 존중을 표했다. 교차하는 정체성 안에서 자신이 가진 소수자성을 발견하기도 하고, 그 어떤 조건에서라도 가능한 시민 연대의 가치와 뜻을 보여주는 멋진 발언들이 이어졌다. 또한 그동안은 케이팝 위주의 플레이리스트와 응원봉 부대의 구호가 집회의 주 콘텐츠였다면 남태령에서는 농민가를 포함한 기존의 시위 문화, 즉 민중가요와 문선[2] 등을 배우는 시간이 있었다. "투쟁으로 인사드리겠습니다! 투쟁!" 하는 시위 인사법, 세 번의 구호 복창 후 "투쟁"을 붙이는 관례와 "동지"라는 평등 관계를 중요시하는 서로에 대한 호칭이 본격적으로 사용되었다. 남태령 이후에 이어지는 시위에서도 투쟁과 동지라는 용어 사용이 더 이상 어색하지 않게 되었다.

전농은 몇 년간 운영하지 않던 유튜브 계정을 다시 열어서 라이브 방송을 시작했다. 처음엔 구독자가 1,000명이 되지 않아 송출 제한이 걸렸는데 구독자가 금세 1,000명을 돌파하면서 다시 라이브를 할 수 있게 되었다. 점점 늘어난 시청자는 최대 3만 명 동시 접속을 기록했고 2만 명 정도가 상황이 종료될 때까지 라이브를 시청했다. 그만큼이나 관심과 이목이 쏠린 현장이

2 문예선동, 민중가요에 맞춰 추는 춤, 몸짓.

었다. 한동안은 시위대 인원도 계속 늘어났다. 그러다가 막차가 끊기는 시간인 밤 11시 30분 이후 급격하게 인원이 줄어들면서 사람들이 빠져나간 빈자리에 한겨울 골짜기 칼바람이 덮쳤다. 살을 베어내는 것 같은 추위 속에서 사람들은 핫팩과 담요를 뒤집어쓰고 버텼다. 그리고 경찰들의 움직임이 심상치 않아졌다. 서울에 있는 출동 가능한 경찰들이 모두 사당으로 모였다는 정보가 들어왔다. 12시 30분경 전농의 트랙터 무대는 앞으로 빠지고 비상행동에서 급하게 1톤 트럭을 가지고 와서 조금 더 큰 무대를 만들었다. 약간은 더 큰 앰프와 더 많은 스태프가 진행을 대신하면서 집회 분위기가 더 활발해졌다.

새벽 1시 반부터 3시까지는 경찰들이 여차하면 사람들을 진압할 만반의 준비를 하고 대치하는 상황이었다. 나도 분위기가 심상치 않음을 감지하고 차량에 핫팩과 먹거리, 뜨거운 물을 실어 사당에서 남태령으로 들어가면서 경찰 기동대들을 촬영했다. 어떤 상황이 발생하더라도 기록들은 가치가 있으리라 생각하고 할 수 있는 일을 했다. 가장 불안했던 부분은 여성 시민들을 제압하기 위한 여경 기동대들도 채증팀까지 붙여서 몇 개 조나 출동 대기 중이었다는 점이다. 정말로 여차하면 무력 진압하겠다는 생각이 들었다. 1,000명 정도 되는 사람들은 경찰 기동대가 많이 모이면 충분히 연행해 정리할 수 있는 규모였다. 전봉준 투쟁단은 시민들을 보호하기 위해 경찰과의 충돌을 피해 언제까지고 이곳에서 평화 시위의 거리를 유지하기로 했다. 더 많은 시민이 모일 때까지 남태령에서 무한히 기다리겠다고 선언했다. 시민들은 경찰 차벽에서 한참 떨어진 곳에 모여 있고 그 사이를 트랙터들이 보호하며 최전방에는 변호사들과 국회의원들, 연대체들이 경계 태세에서 질서를 유지하며 경찰과 시민 대오의 충돌을 방지했다. 3시 이후부터는 진압 작전을 포기한 경찰들이 대부분 철수하면서 소강상태에 들어섰다. 남태령역은 운영 시간이 끝났음에도 불구하고 추위에 고통받는 시민들을 위해 조명과 난방과 편의를 제공했으며 여성 참여자가 많았기에 남성 화장실도 여성 시민들이 사용할 수 있게 배려해 운영해주었다. 화장실 안에도 위생용품과 후원품이 가득 쌓였다.

남태령에 체류한 이틀 동안은 정신이 없었다. 트위터에 끊임없이 소식을 올리고 전달하고 공유하고 모니터링했다. 남태령 상황에 관한 수많은 질문이 나에게 트위터 쪽지로, 멘션으로 들어왔다. 지금은 일종의 공식처럼 되어버린 '난방 버스'도 남태령에서 처음 시작된 연대의 방식이었다. 주로 해외에서 라이브를 보며 안타까워하던 분들이 십시일반 모금을 통해 남태령의 저체온증 위험자들을 쉬게 할 일종의 의료 공간을 보내주었다. 새벽 2시 30분경부터 자리한 난방 버스는 처음엔 난방이 주된 목적이었지만 점점 진화하면서 핸드폰을 충전할 수도 있고 뜨거운 물을 공급받을 수 있게 되었다. 이런 새로운 시도들은 또 다른 방식의 연대를 자극하고 가능하게 하는 '돌봄의 광장'이라는 새로운 풍경을 만들어냈다. 끊임없이 들어오는 구호 물품과 먹거리로 추위를 버티며 자유발언과 춤과 노래, "차 빼라, 방 빼라, 우리가 이긴다, 농민이 이긴다"라며 외치는 구호와 체조로 시민과 농민들은 동짓날 밤을 지새웠다. 22일 새벽, 동이 터오고 남태령에 도착한 첫차에 시민들이 가득했다. 남태령역에서 사람들이 화수분처럼 끊임없이 내려 지하철역 계단이 꽉 찰 정도였다. 현장으로 사람들이 다시 모이기 시작했다. 오전 10시 전봉준 투쟁단과 각 연대체들이 기자회견을 진행했고 열화와 같은 성원 속에 수많은 취재진이 역사적인 현장을 기록했다.

시간이 지나고 늦은 오전이 되자 인파가 한눈에 들어오지 않았다. 그 넓은 남태령 왕복 8차선을 가득 메운 사람들이 굽은 길 위쪽까지 차올라 족히 5만 명은 모였을 법했다. 오후 2시경, 비상행동에서 큰 무대 트럭을 공수해 군중 앞으로 들어와 공연과 자유발언을 이어나갔다. 3시 40분경, 드디어 경찰이 철수할 예정이며 행진이 가능하다는 주최 측의 공지가 올라왔다. 모두가 승리의 함성을 외쳤다. 22일 저녁까지는 경찰이 절대 철수하지 않을 것이라 예상했었지만 엄청난 인파와 관심과 연대 속에서 빠른 승리를 쟁취할 수 있었다. 승리 선언 후 경찰이 철수하는 데만 한 시간 20분이 넘게 걸렸다. 사당 방향에 무려 10중의 경찰 차벽이 우리를 가로막고 서 있었기 때문에 경찰 병력과 차들이 철수하는 데만 긴 시간이 필요했다. 그 와중에 시민들은 또 경찰이 허튼짓할까, 걱정하고 분노하면서 계속 "차 빼라, 방 빼라" 구호를 외치며 시위를 이어나갔다.

2024년 12월 22일 오후 4시 40분. 결국 차 벽이 모두 열리고 안전을 위해 아주아주 느린 행진이 시작되었다. 방배동 사당역으로 향하는 전봉준 투쟁단과 시민들의 트랙터 행진이 남태령 대첩 스물여덟 시간 만에 다시 시작된 것이다. 행진은 40분 정도 진행되었고 사람들과 트랙터는 나란히 질서정연하게 걸어 사당역에 도착 후 1차로 마무리되었다. 2차로 6시 40분경 트랙터가 한강진역 뒤쪽에서 관저 방향으로 행진하면서 7시 30분쯤 공식 집회가 마무리되었다. 시민들은 집회가 끝났는데도 고가 아래에 주차되어 있는 트랙터들 곁을 떠나지 못했고 2~300명가량의 응원봉 부대가 트랙터 근처를 끝까지 지키며 생목으로 노래를 부르고 구호를 외쳤다. 이제 집에 들어가라고 고맙다고 연신 손 흔드는 농민들에게 "우리가 집에 갔다가 또 경찰들이 이상한 짓 하면 어떻게 하나, 정말 마지막 트랙터까지 가시는 모습을 끝까지 봐야 집에 갈 수 있다"며 그 자리를 끝까지 지켰다. 밤 8시 50분, 마지막 트랙터까지 경찰의 호위를 받으며 힘차게 도로를 달려 현장을 떠났다. 마지막으로 남아 있던 사람들은 엉엉 울고 웃으면서 환호성을 지르고 안녕히, 조심히 가시라며 끝까지 배웅했다. "우리가 이겼다"라는 구호를 연신 외치고 '다시 만난 세계'를 부르며 서로를 응원하고 안부를 나누며 그 자리를 떠났다. 경찰들에게 포위되어 행진을 멈춘 지 무려 서른세 시간 만에 전봉준 투쟁단의 트랙터 대행진은 시민들의 단결된 힘으로 긴 투쟁을 마무리 지을 수 있었다.

12·3 불법 계엄 이후 비상 상황이 계속되면서 일상이 파괴되었다. 그리고 경각심과 분노를 통해 감수성의 각성이 일어났다. 이 과정에서 비자발적이긴 하지만 많은 사람이 자기가 처한 상황을 인식하고 오히려 시야가 넓어졌다고 생각한다. 그런 사람들이 광장에 나온 것이고 이들 앞에 '이웃으로서의 농민'이라는 존재가 등장했다. 그들이 남태령에서 폭력적인 공권력에 농민들이 좌절당하는 장면을 보게 되면서 타인에 대한 존재 인식을 넘어선 초공감, 양심의 발동이 일어났다. '나,

혹은 우리의 일부로서의 농민'을 위해 내 안위와 편의를 내던지고 현장에 달려 나갈 수 있는 용기와 정의감을 고양했다. "모든 책임은 농민이 지겠다"는 발언에 즉각적으로 "같이 집시다!"라고 외치게 되는 순간적인 동기화, 동질화가 일어난 것이다. 이 연대는 타자화를 뛰어넘기에 시혜적 단계 또한 초월한다. 이렇게 '체화'된 민주주의적 연대의 경험은 깊은 사유를 불러일으키는 깨달음의 순간을 갖게 한다.

특히 남태령은 약자와 소수자에 대한 차별과 혐오 없이 모든 연대자를 환대하고 그들의 존재에 질문조차 던지지 않았다. 더 나아가 그들의 이야기에 한껏 몸을 기울여 듣고 무조건적인 감사로 응답했다. "우리 딸들 수고했어!"라고 인사를 건넸다가 "감사합니다! 근데 저희가 사실은 딸이 아니에요!('충격 논 바이너리 진짜 계심' 깃발을 펼치며)"라는 대답에 "그렇구나, 알아두겠다!"[3]라고 대답한 농민의 에피소드가 이번 광장의 상징적인 발언으로 회자되었다. "모르는 사람에게

---

3 용주(@4_MY3612TH) 님의 트윗.

면전에서 부정당하지 않은 건 처음이라 이 자체로 감동이었다"라는 당사자의 감상은 수많은 사람의 공감을 얻었다. 전봉준 투쟁단의 '농민'이라는 직업적 특성이 현장을 가능하게 했다. 농민들은 늘 소외당해왔다. 늘 위기 상황에 봉착하고 그것을 어떤 방식으로든 돌파해왔다. 기후 위기, 태풍, 가뭄, 홍수, 병충해, 시장과 정부의 만행……. 삶의 기반이 송두리째 파괴되는 일상적 재앙 속에서 '그럼에도 불구하고' 때가 오면 밭을 갈아 씨를 심고 살리고 키워내며 생명을 보호한다. 1년에 단 한 번 도래하는 매해의 결실을 소중히 거두어 모두와 나눈다. 농민들은 주어진 것을 주어진 대로 감사히 받아들이는 것에 익숙하다. 그리고 쉽게 포기하지 않는다. 이러한 저력이 강철보다 단단한 결속을 만들어냈다. 남태령의 기적 같은 승리를 가능하게 한 주요한 원인 중 하나라고 생각한다.

남태령으로 인해 내 삶은 완전히 바뀌었다. 그리고 수많은 사람의 삶이 바뀌었다. 남태령은 내란 세력을 몰아낸다는 목적 이외에 우리가 광장에 모여야 할 이유를, 오히려 더 근본적으로 우리가 해결해야 할 문제들을 어떻게 바라봐야 할지 체감하는 경험이었다. 더이상은 맞서 싸우는 것 외에 살 방법이 없다는 절박함을 행동으로 발현시킨 현장이었다. 단순히 머리와 마음으로만 '알고 있던 것들'이 현장에서 내 '감각'과 '몸'을 통과하여 나라는 존재의 저변을 순식간에 바꾸어놓았다. 남태령 대첩 직후 12월 24일 안국역에서 있었던 전국장애인차별철폐연대의 다이—인(die-in)[4] 현장에서부터 남태령의 정신을 이어가자는 시민들의 발언과 행동이 폭발했다. "남태령을 겪으며 깨달았다. 연대는 무조건적이고 모두에게 열려 있다는 사실을. 내 마음이 동한다면 어떤 현장이라도 달려가 몸을 던져 구호를 외치고 손잡고 어깨를 걸 수 있다는 용기를. 여러분들을 더이상 외롭게, 고통 속에 남겨두지 않겠다." 사람들의 진심 어린 외침이 남태령이라는 이름으로 현장을 가득 채웠다. 동덕여대 학생들의 사학비리 공학전환 반대 투쟁에서, 거제통영고성 조선하청지회 농성에서, 제주항공 참사 공항 현장에서, 한강진의 3박 4일 키세스 집회

---

4 비장애 중심사회의 억압과 고통을 상징하는 퍼포먼스. 참가자들은 사이렌 소리에 맞춰 공공장소나 거리에 누워 죽은 듯이 행동한다.

에서, 전국 각지의 모든 집회 시위의 현장에서, 토요일마다 광화문 앞에서 열리는 비상행동 집회에서……. 남태령은 무수히 호명되고 재생산되며 시민들의 마음을 뜨겁게 하는, 꺼지지 않는 연대의 불꽃이 되었다. 남태령에서 각성하여 말벌로의 이행이 일어난 사람들을 현장에서 무수히 만나며, 서로를 알아보고 껴안으며, 아직도 끝나지 않는 싸움을 계속해나가고 있다. 연결되고 분산되고 변화무쌍하게, 하지만 강력하게.

김후주

농업인. 집필 노동자. 충남 아산에서 유기농 배 과수
원을 3대째 승계해 농사짓고 있는 본업 청년 여성 농
업인. 대학에서 철학을 전공했고 농업 이외에도 사회
의 다양한 이슈에 관심이 많았다. 이번 내란 정국을
맞이해 현장에 뛰어들며 온라인 소셜 미디어 트위터
(현 'X')에서 농민들의 투쟁 소식을 알리는 일에 힘쓰
다가 본의 아니게 '벼락 활동가'가 되어 달라진 생활
에 적응 중이다.

정보라

연대하는
우리들은
강력하다

십대, 이십대,
삼십대 여성,
비남성,
소수자는
언제나 광장에
있었다.

2024년 12월 3일에 소위 대통령이라는 자가 국민을 공격했기 때문에 나는 포항에 있다가 깜짝 놀라서 그 주 주말에 서울로 달려가 12월 7일 서울 국회 앞에서 탄핵안 부결을 지켜보았다. 12월 둘째 주에는 대구에서, 그리고 2025년 1월에는 포항에서 집회에 참석했다.

　　서울 집회 상황은 언론에 지속적으로 보도되어 이십대와 삼십대 여성의 참여 비율에 이제야 뒤늦게 모든 사람이 관심을 보이는 모양인데, 아마 응원봉이 예쁘기 때문인 것 같다. 여성은 젊고 예뻐야 하고 데모도 예쁘게 해야 한다는 가부장적이고 여성 혐오적인 발상과 징글징글한 K-아저씨들의 남성우월주의적 시선은 '예쁜 응원봉을 들고나온 젊은 여성들'을 연일 내려다보듯 감상하며 '예뻐하고', '기특해하고' 분석한다.

　　대구 집회도 서울만큼 젊은 분들이 많았는데 차이점이 있다면 12월 둘째 주, 그러니까 국회에서 2차로 표결을 진행해 탄핵안이 결국 가결된 시기에는 발언보다 행진이 중심이었다는 점이다. 발언을 하는 사람도 경북대학교 비상시국회의에 참여하는 중년 남성 교수님이라든가, 대구시민 비상행동을 주최하고 조직한 민주노총 대구본부 혹은 노조 관계자들이었다. 요컨대 '노조하는 데모꾼들' 아니면 비장애인 중년 남성이다. 대구시민 비상행동 집회는 탄핵안이 2차 투표에서 가결될 때까지 매일 열렸고 지금은 주말마다 열리고 있다. 집회마다 모두 참석한 것은 아니기 때문에 내가 놓친 집회에서 뭔가 변화가 있었을지도 모른다. 그러나 최소한 내가 참여해서 목격한 대구 집회의 현장에서 젊은 여성들, 십대 청소년으로 보이는 분들부터 응원봉을 든 2030 여성의 참여 비율은 서울과 별로 다르지 않았다. 다만 발언을 하거나 무대에서 자신을 밝히며 나서는 비율은 현격히 적었다.

나는 이 점을 지적하고 싶다. 한국에서 젊은 여성과 성소수자에게, 여성 장애인에게, 여성 이주민에게, 여성에게 안전한 곳은 서울뿐이다. 물론 온갖 범죄가 여성을 위협하고 크고 작은 폭력이 일상적으로 벌어지는 위험한 도시 또한 서울이다. 그러나 집회의 순간, 광장에서 익명으로 안전할 수 있는 곳은 서울, 넓게 보아도 '남태령'으로 상징되는 서울에 근접한 수도권 지역밖에 없는 듯하다.

한국은 여성 혐오 사회이다. 신상 털기, 지인능욕, 합성 성착취물 제작이 젊은 남성들의 놀이문화로 자리 잡은 현시점에서 여성, 성소수자, 여성 장애인, 여성이주민—시스젠더 이성애자 비장애인 남성이 아닌 사람—이 정치의 광장에서 자신을 드러내는 것은 한국에서는 인생을 망가뜨릴 수도 있는 위험한 모험이다. 응원봉이 예쁘다고 좋아하는 K-아저씨들이 징글징글한이유가 바로 이것이다. 자신들이 이렇게 수많은 사람에게 위험한 사회를 만들어놓고, 여성을 공격하고 혐오하고 여성의 인격을 말살하고 인생을 짓밟는 것을 놀이로 소비하는 후속세대를 키워놓고, 기득권자의 편안한 관점으로 응원봉 예쁘다고 좋아하고 앉아 있기 때문이다. 인생 편하게 살아서 참 좋겠다.

포항에서도 탄핵 찬성 집회를 한다. 처음에는 죽

도시장 앞에서 피켓팅도 하고 행진도 했는데 길이 좁고 사람이 많고 여러 가지로 힘들었다고 남편이 증언했다. (남편은 피켓을 들고 있다가 보수적인 행인에게 욕도 먹었다.) 탄핵안 가결 이후에 포항시민 비상행동은 집회 장소를 영일대 해변으로 옮겼다. 해변에서 집회를 하다니 매우 포항답다고 나는 약간 자랑스럽게 생각하고 있다.

참고로 포항 옆에 있는 경주에서는 신라대종 앞에 모여서 집회를 한다. 신라대종은 국보 제29호 성덕대왕 신종, 속칭 '에밀레종'을 현대적 기술로 재현한 종이다. 여기 정말 꼭 가보고 싶다. 다른 도시에서는 무슨 사거리, 대로, 시청 앞, 지하철역이나 기차역 앞에 모여서 행진하면 건물과 도시 기간시설과 도로를 주로 보면서 움직이는데, 경주에서는 행진하다 보면 왕릉이 나오고 행진하다 보면 탑이 나오고 그런다.

다시 포항으로 돌아와서, 겨울 바다는 낭만적이기보다는 춥지만 포항 집회는 오붓하다. 1월 4일, 내란수괴 체포영장 집행이 실패한 날 영일대 해변에는 예상 외로 많은 사람이 모였다. 나의 개인적이며 매우 부정확한 추산으로 대략 50명이었다고 기억한다. 내란수괴 체포가 무산된 날이라 그런지 분노에 차서 자유발언을 하시는 분들이 많았고 다양했다. 남성으로 보이는 십대 고등학생, 본인이 여성이라 밝힌 이십대 대학생, 역시 본인이 여성이라 밝힌 이십대 직장인, 남성으로 보이는 삼십대 직장인, 본인이 남성이라 밝힌 이십대 대학원생, 남성으로 보이는 삼십대 장애인, 심지어 남성으로 보이는 초등학생 어린이들도 나와서 발언했다. '남성으로 보이는', '남성이라 밝힌', '여성이라 밝힌'이라고 굳이 쓴 이유는 본인이 성소수자, 논바이너리, 젠더퀴어라고 밝힌 발언자가 한 명도 없었기 때문이다. 바로 며칠 뒤에 1월 8일 서울에서 참여했던 한화오션 본사 앞 거제통영고성 조선하청지회 농성장의 '평등으로 가는 수요일' 집회에서 발언자 절반 이상이 발언대에 오르자마자 논바이너리 혹은 성소수자라는 자기소개로 발언을 시작했던 것과는 매우 대조적이었다.

포항이라고 성소수자가 없을 리 없다. 성소수자는 통계적으로 원래 인구 열 명당 한 명 이상은 존재하기 때문이다. 인구 50만의 보수적인 지방 소도시에서 겨우 50명 될까 말까 한 인원이 모인 작은 집회에 나가 자신이 성소수자라고 밝히면 이후에 살기 힘들어지니까 내놓고 말할 수 없다고 이해하는 편이 정확할 것이다. 그러니까 다들 대도시로 나가는 것이다. 여성도 마찬가지다. 작은 도시라 해서 모두 다 소수자에게 위협적인 장소는 아닐 것이다. 그러나 보수적인 지역 경북의 보수적인 소도시는 아직은 소수자가 불특정 다수 앞에 자신의 소수자성을 안심하고 드러낼 수 있는 공동체가 아니다.

이십대 여성 대학생은 서울에서 대학을 다니고 있어서 내란 사태 이후 국회 앞에서 집회에 나가다가 탄핵안이 가결되고 겨울방학이기도 하고 그래서 포항 본가로 왔다고 했다. 그리고 12월 7일 탄핵안 부결의 실망감과 체포영장 집행 실패의 실망감에 대해 토로했다. 나도 거기 있었고 나도 같은 실망과 공포를 느꼈기 때문에 매우 공감했다.

이십대 여성 직장인과 삼십대 남성 직장인은 비슷한 발언을 했다. 출근하면서 내란수괴 체포에 대한 뉴스를 보고 퇴근하면 체포됐을 것으로 기대했는데 퇴근하고 한참 지나도 체포가 안 돼서 화가 나 집회에 나왔다고 했다. 이십대 남성 대학원생도 생전 처음 집회에 나왔다며 비슷한 취지로 발언했다. 다들 발언을 끝내면서 구호를 외쳤는데, 이날의 주된 구호는 "윤석열을 체포하라, 국민의힘 해체하라"였다. 그런데 이 이십대 남성 대학원생은 핸드폰에 정리해온 발언문을 열심히 읽고 나서 약간 서투르게 구호를 외치기 시작하여 "윤석열을! 해체하라!"고 소리쳤다. 이 구호는 참석자들의 열렬한 지지를 얻었고 이후 발언자들 모두 "앞에 발언하신 분이 의도하셨는지는 모르겠으나 구호가 훌륭하여 저도 따라하겠습니다, 윤석열을 해체하라!"고 외쳤다. 아주 좋은 구호다. 다들 내 타입이셔. 나는 포항시민 비상행동 집회가 매우 마음에 들었다.

　　이날의 하이라이트는 남성 초등학생들이었다. 사회자의 설명에 따르면 이 어린이들은 토요일 오후마다 영일대 해변에 모여 자전거를 탄다고 한다. 그래서 내란 사태 이후 한 달째 이 어린이들도 계속 포항시민 비상행동 집회에 참석(?)했다는 것이다. 자전거 타는 어린이들은 모두 함께 앞으로 나왔고 한 명이 마이크를 잡았다. 그리고 여러 말 없이 자신이 "윤석열을!" 하고 외치면 참가자 모두 "체포하라!" 하고 외치라고 지시했다. 참가자들은 웃으면서 그 구호를 맞추어 외쳤는데, 처음에 한 번 "윤석열을! 체포하라!"를 했더니 어린이가 참가자들을 야단쳤다.

"그렇게 해서 들리겠습니까! 다시!"

그래서 우리는 어린이의 지시에 따라 "윤석열을! 체포하라! 국민의힘! 해체하라!"를 몇 번이나 목청껏 외쳤다. 그러자 자전거 타는 어린이들은 만족한 듯 서로 장난치고 투닥거리며 웃으면서 발언대에서 내려갔다.

발언 참가자가 다양하고 분위기가 밝았지만 사실 2025년 1월 4일 포항시민 비상행동 집회 장소에는 제주항공 7C2216편 참사 피해자들을 위한 분향소가 차려졌다. 아주 단순하게 천막 안에 향로를 놓고 향을 피운 소박한 분향소였다. 포항시민단체연대회의와 민주노총 포항지부에서 분향소를 운영했다. 포항시민단체연대회의 소속 사회자에 따르면 참사 직후 포항시에 제주항공 참사 희생자 분향소 설치를 공식적으로 제안했는데, 포항시에서 거부했다고 했다. 그래서 1월 4일 집회에서 임시로 간소한 천막 분향소를 운영하게 된 것이다.

포항시에 너무 실망했고 어처구니가 없었다. 남의 일이라고 그러는 거 아니다. 좋은 일에는 내가 숟가락 얹지 않아도 다들 기뻐하니까 상관없다. 그러나 슬픈 일일수록 나도 같이 슬퍼하는 척이라도 하는 게 기본적인 예의이고 사람 된 도리다. 특히나 호남 지역에서 참사가 일어났는데 여기에 대해 영남 지역의 지자체가 분향소 설치마저 거부했다는 사실이 더욱 무례하게 느껴졌다. 지역감정에 대한 쓸데없는 오해를 피하기 위해서라도, 하다못해 포항시의 체면을 위해서라도 기본적인 예의는 갖추어야 하는 법이다.

이후 1월 10일과 11일에 구미에서 한국옵티칼하이테크 고공농성 1주년을 맞이한 1박 2일 희망텐트가 열렸고, 나는 1월 10일 하루 문화제 참석한 것만으로 나가떨어져 1월 11일 토요일에는 집회는커녕 집 밖에도 못 나갔다. 그리고 1월 18일에 다시 포항시민 비상행동 집회에 갔는데, 이날은 문화공연이 매우 풍성했다.

1월 18일 집회는 포항여성회가 주관했다. 라인댄스 공연이 있었고, 포항시에서 가수로 활동하며 노래를 가르치는 남성 청년 가수의 공연이 이어졌다. 라인댄

스팀은 주로 사오십대 중년 여성들이었는데 포항 지역
에 연고가 있는 분들은 아니지만 집회를 위해서 달려와
주셨다고 했다. 흥겨운 가요와 트로트에 맞추어 화려한
군무를 선보이며 세 곡이나 연달아 공연을 했고, 관객
들의 열화와 같은 앵콜 요청에 추가 공연도 있었다. 라
인댄스팀은 이후에도 집회에서 문화공연을 하면 언제
든 달려오신다고 약속했다고 한다. 섭외하실 분은 포항
여성회에 문의하시기 바란다.

　　이어서 노래 공연을 펼친 남성 청년 가수는 이날
관객들에게 '포항 김광석'이라는 별명을 얻었다. 김광
석 가수는 대구 출신이라 사실 포항에서 멀지 않은 곳
에 연고가 있고 대구에는 '김광석길'도 있다. 1월 18일
에 공연한 포항 김광석은 실명을 밝히고 포항에서 가수
로 활동하며 노래도 가르친다고 자신을 소개했다. (이
분도 역시 포항여성회를 통해서 섭외하실 수 있다.) 가수의 목
소리가 '감미롭다'는 게 무슨 뜻인지 느낄 수 있었는데,
특히 '광야에서' 공연이 아주 인상적이었다.

　　1월 4일과 18일 포항 집회에 참석하고 집에 돌아
오면서 한국 사회의 권력관계에 대해 다시 생각했다.

비장애인 청년 남성은 자신의 실명을 밝히고 무대에 설수 있었다. 여기에 더하여 뛰어난 예술적 재능을 가지고 있었기 때문에 더 당당할 수 있었는지도 모른다. 중년 여성들은 팀을 이루어 얼굴을 내놓고 당당하게 공연했다. 이에 비해 1월 4일 포항시민 비상행동 집회에서 발언을 했던 이십대와 삼십대 여성들은 모두 마스크를 쓰고 발언했다. 날씨가 춥기도 했지만 꼭 그런 이유 때문만은 아니었다. 삼십대 여성이면서 마스크를 쓰지 않고 무대에 나와 발언한 분은 1월 4일 집회에서 본 단 한 명, 경주에서 오신 분이었는데 자신을 초등학생 아이를 키우는 어머니로 소개했다.

　나는 서울 집회에서 수백 명, 수만 명 앞에 나서서 발언하는 분들만큼 포항 집회에서 30명, 40명 앞에 나서 발언하는 분들이 위대하다고 생각한다. 포항은 작고, 탄핵 촉구 집회에 참석하는 사람의 숫자는 더욱 적기 때문에 포항 집회에서 앞에 나서서 발언하는 분들의 용기가 더욱 인상적이다. 이 점을 우선 분명하게 말해 두고 싶다.

　그러한 전제하에, 공연자와 발언자가 안전하다고

느끼면서 자유롭게, 자발적으로 앞에 나서 자신의 소신을 밝힐 만한 여건이 대한민국 어디에서나 주어지려면 어떤 조건이 갖추어져야 하는지를 생각한다. 대한민국은 민주주의 국가이며 법치국가(의 원칙이 좀 흔들리고 있지만)라고 하더라도 사회적으로, 관습적으로, 문화적으로 나이 권력과 성별 권력이 분명하게 작동한다. 이러한 권력 관계는 복잡하다. 보수적인 비수도권 소도시에서 삼십대 비혼 여성은 발언할 때 마스크를 쓰고 자신을 보호해야 한다. 반면 기혼 유자녀 삼십대 여성은 얼굴과 이름을 드러내며 진보정당에서 활동한다고 자신을 소개할 수 있지만, 그러면서 아이를 키우는 어머니임을 강조한다. 나 자신도 한국에서 남성이 아닌 존재로 살아가면서, 같은 비남성 인간이 어떠한 권력관계 속에서 어떠한 문화적 기제를 사용하여 자신을 드러내고 보호하는지를 관찰한다.

십대, 이십대, 삼십대 여성, 비남성, 소수자는 언제나 광장에 있었다. 나는 다른 '쩐 데모꾼'들에 비해 활동 경력이 일천한 편이지만, 내가 기억하는 한 세월호 농성장에도, 박근혜 탄핵 촛불집회에도, 쌍용차 해

고노동자들의 분향소 앞에도, 퀴어퍼레이드의 현장에도, 10·29이태원참사 분향소에도, 3월 8일 여성대회의 현장에도, 차별금지법 제정집회에도, 평등행진에도, 소수자와 장애인과 이주민과 청년 여성은 언제나 있었다. 그리고 우리는 소수자이면서 장애인, 청년 여성이면서 소수자, 여성이면서 이주민, 장애인이면서 청년 여성, 이런 교차성을 모두 가지고 있다. 청년 남성이면서 성소수자가 경험하는 한국 사회는 장애인이면서 성소수자가 겪는 한국과 다르다. 여성이면서 성소수자가 경험하는 한국 사회, 이주민이면서 성소수자가 경험하는 한국 사회는 또 제각각 다르다. 탄핵 이후의 한국, 내란을 넘어서는 한국 사회는 이 모든 소수자성과 취약성과 교차성을 이해하지 못하더라도 포용하고 이 모든 다양성을 보호해야 한다. 이해하지 못하더라도 포용하는 것이 중요하다. 현실적으로 남의 인생을 다 이해할 수는 없기 때문이다. 그럼에도 불구하고 우리는 함께 존재하니까 같이 살아가는 것이다.

　　2030 여성들의 정치 참여에 대하여 '의제 중심으로 움직이기 때문에 조직력이 약하다'는 평가를 본 적

이 있다. 의제 중심으로 움직인다는 것은 즉 팬덤 정치를 이미 넘어섰다는 뜻이다. 오십대 이상 비장애인 (혹은 비장애인으로 보이는) 이성애자 시스젠더 남성이 절대다수인 한국 정치계에서 2030 여성의 목소리를 제대로 반영하기는 고사하고 듣는 척이라도 하는 권력자는 눈을 씻어도 찾기 힘들다. (그러니까 나라가 이 지경이 된 것이다.) 청년 여성은 성별권력과 나이권력에 찌든 한 개인에게 희망을 걸지 않는다. 내가 '아직은 서른아홉'으로 삼십대의 끝을 보낸 세월호 농성장에서도, 광화문 광장에서도 그건 마찬가지였다. 사회에는 끊임없이 여러 가지 일이 일어난다. 앞에서 말했듯이 남의 인생을 한 사람이 다 이해할 방법은 없다. 그러니까 의제에 따라 문제를 올바른 방향으로 해결할 능력이 있는 단체나 개인을 지지한다. 그것이 합리적이고 효율적이다.

　　조직력이 약하다는 평가는 무슨 근거로 나왔는지 모르겠는데 386세대가 원하는 방식의 조직이 아니기 때문일 것이다. 우리는 한 명의 우두머리 아래 알기 쉬운 수직 서열 체계로 모이지 않는다. (이렇게 말하면서 나도 청년 여성을 '우리'로 호명하며 슬쩍 끼어들었다. 헤헿.) 우리

의 연대는 넓고 느슨하고 유연하다. 그렇기 때문에 우리
는 끊임없이 앞뒤에서 음으로 양으로 연대할 수 있다.

광장에 나온 청년 여성에게 정치 참여는 일회성 행
사가 아니라 생활이다. 연대와 활동도 생활이다. 그 유
대감은 연대하던 의제가 해소되었다 해서 사라지는 것
이 아니다. 우리는 언제든 어디서든 다시 모일 수 있다.

그렇게 나는 구미 한국옵티칼하이테크 투쟁 현장
에 연대하러 왔던 분들을 서울 전장연 지하철 집회에서
다시 만나고 을지로 한화본사 앞 거제통영고성 조선하
청지회 농성장의 '평등으로 가는 수요일' 집회에서 다
시 만난다. 그분들은 나를 모르겠지만 나는 그분들을
동지로 여긴다. 그렇게 이름은 모르지만 얼굴은 아는
동지들 중에서 누군가는 또 마찬가지로 나를 누군지 모
르지만 연대하는 동지로 기억할 것이다.

그래서 우리에게는 언제나 어디에나 동지가 있다.
우리는 언제나 어디서나 함께 투쟁한다.

연대하는 우리들은 강력하다. 나는 그것을 경험으
로 알고 있다. 그래서 나는 연대하는 동지들을 사랑한
다. 우리의 소수자성이 언제나 우리를 연결해줄 것이다.

정보라

소설가. 연세대 인문학부를 졸업하고, 예일대에서 러시아·동유럽 지역학 석사를 거쳐, 인디아나대에서 러시아문학과 폴란드문학으로 박사학위를 받았다. 《저주토끼》로 2022년 '부커상 국제 부문' 최종 후보에 올랐고, 이듬해 국내 최초로 '전미도서상 번역 문학 부문' 최종 후보에도 이름을 올렸다. 지은 책으로 소설집 《저주토끼》, 《여자들의 왕》, 《아무도 모를 것이다》, 《한밤의 시간표》, 《죽음은 언제나 당신과 함께》, 《너의 유토피아》 장편소설 《문이 열렸다》, 《죽은 자의 꿈》, 《붉은 칼》, 《호》, 《고통에 관하여》, 《밤이 오면 우리는》 등이 있으며, 옮긴 책으로 《거장과 마르가리타》, 《탐욕》, 《창백한 말》, 《어머니》, 《로봇 동화》 등이 있다.

유선혜

깨진 유리
틈새로
번지는
노래를
받아 적는다

처단하다. 결단을
내려 처치하거나
처분하다.
처리하다.
사람이 사람을
처리하다. 한
사람이 시민들을
처단하다. 총을
겨누다. 금지하다.
명령하다.

불가능하다고 여겨왔던 일이 실현되는 상황이 언제나 반가운 것만은 아니다. 그러한 사건은 보통 기적 혹은 마법이라 불리지만, 종종 재앙의 형태로 우리를 찾아온다. 그날 밤이 꼭 그랬다.

시간 여행을 해서 과거로 돌아가거나 이미 죽은 것이 되살아나는 일. 이것은 현실에서 불가능한 일이기에 수도 없이 많은 작품의 모티프가 되었다. '환생' 혹은 '회귀'라는 키워드로 설명되는 많은 소설과 드라마들에 우리는 이미 익숙하다. 억울하게 죽음을 맞은 주인공이 다시 살아나서 과거로 돌아가 범인에게 복수를 한다거나, 악당에 의해 멸망한 지구를 되살리기 위해 시간을 과거로 되돌리려고 한다거나, 죽은 영웅을 부활시켜 세계를 구하는 거대한 싸움을 벌인다. 과거로 돌아가는 것. 그래서 다시는 볼 수 없는 사람을 만나는 것.

한 번이라도 꿈꿔보지 않은 사람이 있을까? 소박
하게는 30년 전으로 돌아가 주식을 산다거나, 몇 배로
오른 부동산에 미리 투자한다거나, 혹은 복권의 번호를
기억하고 지난주로 돌아가 로또에 당첨되는 일. 아니
면 먼저 무지개다리를 건넌 강아지를 만나거나, 이제는
볼 수 없는 외할아버지와 인사를 나누는 일. 혹은 드라
마처럼 나를 괴롭게 했던 사람에게 복수를 하고 새로운
삶을 살아가는 일. 인간은 이미 실현된 일은 상상하지
않는다. 실현될 수 없는 것, 그렇기에 실현되었으면 하
는 것들을 꿈꾼다. 그렇기에 우리가 이런 상상을 끊임
없이 반복한다는 것은 그것이 철저히 판타지의 영역이
라는 뜻과 다름없다.

그날 밤, 죽은 망령을 다시 현재로 불러오길 시도
한 사람이 있었다. 상처투성이였던 과거로 돌아가려는
사람이 있었다. 그 일이 벌어지던 날, 일찍 잠들었던 나
는 거실에서 들리는 텔레비전 소리에 잠에서 깼다. 가
족들이 도저히 이해할 수 없다는 표정으로, 결코 밝다
고 할 수는 없는 표정으로 화면을 보고 있었다. 심각한

표정이었다. 텔레비전에서는 익숙한 말투로 이야기하는 목소리가 들렸다. "존경하는 국민 여러분"으로 시작되어 몇 분간 이어지는 목소리. 곧 나도 가족들과 똑같은 표정을 짓게 되었다. "저를 믿어주십시오, 감사합니다"로 끝난 이해할 수 없는 문장의 나열. 무슨 일이 일어나고 있는 것인지 가늠되지 않았다. 도무지 믿을 수가 없었다. 비현실감과 무한한 불가해함. 그것이 그날 밤 느낀 첫 번째 감정이었다.

그날 이후로 석 달 가까운 시간이 흘렀다. 감정이라는 것은 순간의 상태이기 때문에, 인간이 느끼는 감정은 계속해서 변한다. 지난주에는 불행했을지라도, 오늘은 환희할 수 있다. 어제는 기쁨에 젖어 있었을지라도, 내일은 당장 죽고 싶어질 수도 있다. 그렇기에 과거의 감정은 희석되고 옅어진다. 감정이란 결국 희미해져서 우리의 안에서 끝내 잊히는 것일지도 모른다. 나의 일상은 생각보다 빠르게 돌아왔다. 국회는 다행히도 계엄 해제 결의안을 가결했고, 계엄령은 약 여섯 시간 지난 후에 해제되었다. 그 이후의 혼란과 여파는 분명히 심각하게 남아 있지만, 어쨌든 나는 전과 다름없이 학교에 다니고 책을 읽고 밥을 먹고 잠을 자고 써야 하는 글을 썼다. 감정은 희석되는 것, 그리하여 흐려지는 것. 그러나 어떤 종류의 감정은 사람의 마음에 지울 수 없는 흔적을 남기고, 그 감정을 느끼기 이전으로는 절대 돌아갈 수 없게 한다. 그것은 상처가 되기도 하고, 흉터가 되기도 하지만, 새로운 살이 돋아나는 계기가 되기도 한다. 그날 밤 내가 느낀 감정은 분명히 그런 것이었다. 그 감정을 잊어서는 안 된다. 잊어서는 안 된다. 기억해야만 한다. 그렇기에 나는 쓴다.

끝도 없는 '이해할 수 없음' 이후에 나를 찾아온 감정은 공포와 불안이었다. 20세기 말에 태어난 내가 '계엄'이라는 단어를 마주할 수 있는 곳은 한국사 교과서뿐이었다. 한국사 시간에 고등학교 선생님이 교실의 모니터 화면으로 틀어주던 화질이 좋지 않은 과거의 동영상. 계엄이라고 하면 생각나는 이미지는 가령, 수많은 탱크가 도시를 지나다니는 광경. 군인이 거리마다 총을 들고 서서 시민들과 대치하는 모습. 방패와 몽둥

이. 맞는 사람과 때리는 사람. 군복을 입고 경례를 하는 독재자. 빈칸과 ××로 점철된 신문. 물속에 머리가 처박혔다 들어 올려지기를 반복하는 학생들. 최루탄. 연기. 비명. 시체들. 그것들은 우리 세대의 머릿속에서 흑백영상으로만 재생되는 과거였고, 철저히 역사의 영역이었다. 그렇게 생각했다. 우리는 그 시절을 겪어보지 못했고 그렇기에 그 시절의 공포와 억압을, 독재와 민주화운동을 영화 혹은 문학작품을 통해서 가늠해볼 뿐이었다. 결국 나에게 계엄이란 죽어 있는 과거 그 자체였는지도 모른다.

그것이 살아 돌아왔다. 이미 장례를 다 치르고 유골함에 꾹꾹 눌러 담은 후, 이 세상에서 완전히 떠나갔다고 생각했던 존재가 우리 앞에 생생하게 얼굴을 들이밀 때 느껴지는 당혹감. 그것도 유령이나 귀신 같은 희미한 모습으로서가 아니라, 우리의 삶 자체를 단번에 흔들고 뒤집어놓을 수 있을 정도의 분명한 힘을 가진 망령이 되어 나타났을 때의 공포. 그것을 불러온 사람이 바라던 것, 혹은 생각하던 것이 무엇이었을지 짐작도 되지 않았다. 패악질을 일삼는 반국가 세력의 척결? 포고령을 위반하는 사람들의 처단? 도저히 이해할 수 없는 단어들의 나열과 선택에, 그리고 단 한 번도 상상해본 적 없는 상황 앞에, 나는 나의 상식을 의심해야 했다. 그의 대국민담화가 끝나고, 곧 무장한 군인들이 국회로 들이닥쳐 출입문을 봉쇄한다는 속보가 흘러나왔다. 각종 뉴스와 정치인들의 의견이 긴박하게 쏟아졌다. 어디까지가 진짜이며 어디서부터 가짜인지도 알수 없었고, 앞으로 무슨 일이 일어날 것인지, 어떤 미래가 펼쳐질 것인지 예측할 수가 없었다. 불가능하다고, 이미 사라졌다고 여겼던 것이 살아 돌아왔는데, 세계가 과거로 돌아가는 것도 아무런 문제도 없이 당장 일어날수 있는 사건인 것만 같았다.

불안했다. 그리고 무서웠다. 그러나 나는 내일 학교에 가야 했다. 학교? 내일 학교에 가는 것은 가능한일일까? 내일 지하철은 운행할까? 논문을 써야 했다. 내일…… 평화롭게 책상에 앉아 글을 쓴다고? 도대체무슨 일이 일어나는 것일까? 어떤 일들이 가능하고 어떤 일들이 불가능해지는 것이지? 내 삶에 허용되는 일과 금지되는 일이…… 생긴다고? 어쨌든 학교에는 가야 했다. 과제도 제출해야 했다. 저녁에는 친구와의 약속을 위해 도심으로 나가야 했다. 나는 끊임없이 쏟아지는 뉴스를 새로고침하는 일을 멈추고 잠을 청하기로 했다. 그러고는 방으로 돌아가 침대에 누웠다. 그러나 잠들 수 없었다. 머릿속을 계속 떠다니는 단어가 있었다. '처단'이라는 단어였다. 처단하다. 결단을 내려 처치하거나 처분하다. 처리하다. 사람이 사람을 처리하다. 한 사람이 시민들을 처단하다. 총을 겨누다. 금지하다. 명령하다. 그의 포고령에 어긋난 행동을 하면 곧바로 처단될 대상으로 정의된 내가 도대체 무엇을 할 수 있을지 알 수 없었다.

한마디로 나는 무력했다. 침대에 누워 눈을 뜬 채로 천장만을 바라볼 때 계속해서 생각나는 질문, 나를 사로잡는 질문은 이런 것이었다. '처단'이라는 단어 앞에서, 내가 도대체 무엇을 할 수 있을까? 언론과 출판의 자유가 철저히 무시된다면, 나는 어떤 글을 쓸 수 있지? 글을 쓴다는 것이 가능하긴 한가? 내 삶에서 가장 중요한 것, 문학이라고 요약할 수 있는 읽고 쓰는 일을 통해서 대체 나는 어떤 일을 할 수 있을까? 이것은 단지 개인적인 무력감으로 일축할 수 있는 것이 아니었다. 그것은 문학이라는 것이 가진 가능성 전체에 대한 무력감이었다.

　"문학이 무엇을 할 수 있는가?"라는 물음 자체는 닳고 닳은 익숙한 질문인지도 모른다. 문학을 읽고 쓰는 사람들이라면, 적어도 한 번은 저 물음에 대해 생각해보았을 것이다. 이 질문을 그날 밤의 맥락에서는 "문학은 어떤 방식으로 정치적일 수 있을까?"로 바꿔 읽어볼 수도 있을 것이다. 대학교에서 공부하며 읽어온 논문과 비평의 제목들이 어렴풋이 떠올랐다. 어느 철학자의 말을 빌려서 문학의 효용을 논하는 글. 사회학의 이론에 기대어 문학의 정치성을 주장하는 글. 쓸모없는 것의 쓸모 있음의 대하여? 급진, 저항, 참여, 그리고 혁명에 대하여? 그날 밤, 그 사람이 국가라는 이름으로 만들어낸 믿을 수 없는 현실 앞에서, 그러한 글들은 모두 그저 책상 위에서 펼쳐지는 현학적이고 허무한 지적 놀이처럼 느껴졌다.

특히 나의 문학이 그러하다고 느꼈다. 그 일이 일어난 시점으로부터 한 달 전, 나는《사랑과 멸종을 바꿔 읽어보십시오》라는 제목의 시집을 출간했다. 첫 시집을 쓰면서 내가 가장 많이 했던 생각은 '나는 결국 나의 이야기만을 쓸 수 있다는 것'이었다. 타인의 마음은 내가 접근할 수 없는 것이고, 나는 나의 내면에 대해서만 적을 수 있다. 그리고 그래야만 한다. 타인의 마음을 손쉽게 알 수 있다고 생각하지 않는 것, 섣불리 타인의 내면에 대해 적지 않는 것, 그리하여 나의 내면에 관해 충실히 말하는 것……. 그것은 내가 시를 쓰면서 가지고 있던 일종의 명령이자, 윤리였다. 이러한 생각은 타인과의 소통에 관한 일종의 회의주의로도 읽힐 수 있다. 실제로 타자라는 미지의 존재에 대한 의심은 나를 불안하게 했고 외롭게 만들었다. 그럼에도 믿어보는 것. 타인이라는 미지의 영역에 우리는 끝내 도달할 수 없지만, 그런 멸종과 같은 절망을 사랑으로 바꿔 읽어보자는 것.

　　적어도 시집을 묶을 당시 나는 그것이 가능하다고 여겼다. 또 나의 이야기만을 하는 것이 옳다고도 여겼다. 그러나 그날 밤은 되살아나는 것이 불가능하다고 여겨졌던 유령이 우리를 덮치고, 가능하다고 생각했던 모든 믿음이 산산조각 난 밤이었다. 모든 절망과 무력함과 분노와 불안을 사랑과 바꿔 읽어보라는 명령문이 부끄러웠다. 무엇도 사랑으로 바꿔 읽기 힘든 상황에서 그것을 타인에게 요구하는 일이 죄를 지은 것처럼 느껴졌다. 오로지 나의 감정과 생각과 느낌을 이야기하는 시가, 오로지 그런 시들로만 이루어진 나의 시집이 자유가 죽어버린 사회에서 무엇을 할 수 있을까? 내가 나의 이야기를 하는 것이 옳은가? 그러나 내가 어떻게 타인의 이야기를 할 수 있을까? 어떻게 너의 고통에 대해, 우리의 고통에 관해 이야기할 수 있는가? 어떤 답도 내릴 수 없었다. 끝내 잠에 들 수도 없었다. 말 그대로, 아무것도 할 수 없었다.

우리는 공기가 없으면 숨을 쉴 수도, 생명을 유지할 수도 없지만 일상에서는 공기의 존재를 잘 인식하지 못한다. 가스가 새고 악취가 퍼지면서 숨이 막혀오는 순간에서야 공기가 우리를 둘러싸고 있음을, 공기가 없으면 살아갈 수 없음을 알게 된다. 그리고 소리 없이 흘러나오는 가스에 질식사할 수 있다는 것을 알게 된다. 마찬가지로 완벽하게 투명한 유리는 우리의 눈에 잘 보이지 않는다. 그러나 우리가 그것에 부딪혀 고통을 느낄 때, 혹은 유리에 더러운 얼룩이 남아 지저분해지는 순간 유리의 존재는 생생하게 다가온다. 유리가 창문의 역할을 하며 안전하게 바람과 추위를 막아줄 때가 아니라, 그것이 깨지면서 끔찍한 소리를 낼 때 우리는 유리에 대해 생각한다. 유리에 대해 깨닫는다. 유리라는 것이 그렇게 단단하고 견고하지 않았다는 것. 툭 치면 넘어져서 깨질 수 있다는 것, 우리는 사실 안전하지 않다는 것.

그날 밤이야말로 우리를 둘러싼 유리가 모두 깨진 날이었다. 우리가 공기처럼 여기던 가치, 민주주의의 근간이 되는 자유와 평등. 투명할 정도로 너무나 익숙한 단어, 자유와 평등. 누구도 부정할 수 없는 절대적인 가치처럼 여겨지던 그런 것들이 사실은 전혀 당연하지 않고 누군가의 결정에 의해 한순간에 사라질 수 있다는 사실을 알게 된 날. 주검의 환생과 회귀를 목격하고 우리의 현실이 하룻밤에 판타지 소설보다 더 비현실적으로 변한 날. 모든 것이 허구 같았고 또 진실이 사라져버린 것만 같았던 밤. 새어 나오는 유독한 가스 냄새에 잠들 수 없었던 밤.

나는 그날 밤 느꼈던 감정에 관해 쓰고 있다. 그날 밤의 공포와 무력감을 쓴다. 위에서 던진 수많은 질문, 문학의 역할과 개인의 내면에 대해서만 이야기하는 시의 무용함에 대한 의문들은 여전히 그대로이며 나는 아직도 답을 내리지 못했다. 그러나 지금 내가 할 수 있는 것은 그날의 감정을 잊지 않는 것. 기록하는 것. 그날의 충격과 분노가 일상의 자질구레한 일들에 희석되어 끝내 사라지지 않도록 붙잡고 있는 일. 내가 쓰는 행위를 통해 당장 할 수 있는 일은 이것밖에는 없다. 하지만 만일 시로 할 수 있는 일이 없다면, 정말로 없다면, 지금 당장 할 수 있는 무엇이라도 해야 한다. 밖으로 나가야 한다. 나가야만 한다.

그리하여 깨진 유리 틈새를 뚫고 나오는 빛이 있었다.

빛처럼 광장으로 쏟아져 나오는 사람들이 있었다. 추위에 떠는 사람들. 웅크린 사람들. 온몸에 한기가 들 때까지 차가운 바닥에 앉아 있는 사람들. 흔들리는 응원봉과 불빛들. 마이크를 잡고 이야기하는 사람들의 목소리. 사라진 줄로만 알았던 자유와 평등을 외치는 사람들. 함께 외치는, 나와 닮은 사람들. 나와 다른 사람들. 그러나 같은 것을 느꼈을 사람들. 느끼는 사람들. 말하는 사람들. 그날 밤, 함께 무서웠고, 함께 무력했던 우리들. 나는 그 사이에서 추위에 떨며 노래를 불렀다. 핫팩을 꼭 쥐고 노래했다. 터져 나오는 멜로디. 가삿말. 함성. 나의 노래 위에 누군가의 노래가 겹쳐진다. 또 다른 음정의 노래가 겹쳐진다. 또 다시 겹쳐지고 겹쳐진다. 완벽한 화음은 아니지만 노래는 점점 커진다. 거대해진다. 우리는 광장에서 겹쳐지고 뭉치고 흐려지고 흩어지고 다시 모인다. 그런 방식으로 조각조각 깨진 유리는 겹겹이 쌓여 모자이크가 되어 거대한 벽에 새겨진 그림이 된다.

　　모든 시는 원래 노래였다고 한다. 글이 없던 시절, 가삿말에는 리듬과 멜로디가 붙어 사람들의 입에서 입으로 구전되었다. 아주 먼 옛날, 지금은 흔적도 없이 사라진 누군가의 지극히 개인적인 아픔을 우리는 시라는 형태로 가늠해본다. 전쟁에 관한 노래, 사랑에 관한 노래, 신에 관한 노래. 그것은 기록되어 비로소 시가 된다. 누군가는 그것을 썼을 것이다. 그 노래를 받아 적었을 것이다. 나는 내가 목격한 광경을 쓴다. 그날의 감정을 쓴다. 나의 기록은 오로지 내가 겪은 세계의 기록이다. 그러나 우리 모두는 그날 밤의 증인이자 목격자이다. 우리는 같은 것을 보았고 같은 노래를 불렀다. 목이 쉴 때까지. 나는 그 노래의 가사를 받아 적는다. 그날 나는 내가 세계의 일부임을, 세계가 소용돌이치면 나도 그 폭풍에 휘말려 들어갈 수밖에 없음을 알게 되었다. 바람이 거세게 불고 유리창이 깨지면 그 파편이 나의 깊숙한 곳에 남아 상처를 낸다는 것을 알게 되었다. 파편을 밟고 피가 나지 않는 사람은 없다. 그렇다면 그날 내가 느꼈던 불안과 무력감이 감히 우리의 일부이며 세계의 감정이라고 말해볼 수 있을까. 그리고 그 감정의 기록 자체가 이 세계에 편재하는 악에 대한 하나의 증명이 될 수 있지 않을까.

우리는 노래를 불렀고, 부를 것이다. 허구의 영역으로만 남아야 했던, 과거의 유령이 괴물의 모습을 하고 돌아왔던 그날의 일을, 그 흉터를 기록할 것이다. 불가능해야 하는 것은 끝내 불가능한 것으로 남고, 가능해야 하는 것이 마땅히 가능해지는 날까지. 새살이 돋아날 때까지,

그리고 빛처럼 번져 나오는 노래.

유선혜

시인. 1998년 서울 출생. 서울대학교에서 철학을 전
공했다. 2022년 《현대문학》 시 부문 신인추천을 통
해 작품 활동을 시작했다. 시집으로 《사랑과 멸종을
바꿔 읽어보십시오》가 있으며, 현재 대학원에서 문학
을 공부하고 있다.

오세연

우리가
이긴다

아끼는 응원봉을 들고 익숙한 케이팝과 입에 덜 붙은 민중가요를 번갈아 부르는 여성들이 민주주의 집회의 상징이 되어서 기쁘다.

영원히 잊지 못할 것 같은 어떤 순간에 대한 확신은 보통 그 순간을 채 통과하기도 전에 찾아온다. 그날 밤, 머리칼이 곤두서고 온몸에 소름이 끼치는 와중에, 이 역시 그런 순간이라는 걸 알았다. 영원히 잊지 못할, 잊을 수 없는 순간. 굳이 장르를 따지자면 '공포'였다. 일상을 전부 삼켜버리고, 존재를 지워버리는 엄청난 공포.

★

고향인 부산에서 같은 고등학교를 다닌 친구 Y는 화과자 원데이클래스와 두아리파 콘서트, 디자이너 브랜드 쇼룸 방문이라는 큰 목표와 사이사이에 크고 작은 전시 관람 등으로 계획표를 알차게 채워 넣고 서울에 올라왔다. Y는 서울에 도착하자마자 몇 개의 전시를 보고 우리 집으로 왔다. 무엇이든 다 꺼내 보일 수 있는 오랜 친구이자 든든한 언니와 만나 그간의 사정들을 이야기하는 시간이 어찌나 편안하고 좋은지. 혹시라도 그가 감기에 걸릴까 봐 세게 틀어놓은 보일러 때문에 볼이 빨갛게 상기될 때까지 우리의 수다는 끝나지 않았다. 잠시 바람을 쐬려 밤 산책을 하고, 노래방에서 애창곡을 이어 부르며 저녁밥을 소화시켰다. 집으로 돌아와 밀린 연락에 답장하던 Y가 소리를 질렀다.

계엄령이라는 세 글자가 방금까지 거닐던 조용하고 평화로운 바깥세상과 도무지 연결되지 않았다. 한두 줄짜리 속보들을 찾아 읽고, SNS에서 상황을 살폈다. 하지만 무엇이 진짜고 무엇이 가짜인지 구분되지 않았다. 출처가 불분명한 정보들이 혼란을 가중시켰다. 정말 탱크가 돌아다니는 건지, 야간 통행금지가 이루어지는 건지 제대로 알지도 못하면서 주변 사람들과 새로운 소식을 주고받았다. 불안과 긴장이 최고조에 달했다. 불과 한 시간 전까지만 해도 그저 많이 추운 어느 겨울밤일 뿐이었는데.

한편 Y와는 가정법 챌린지가 시작되었다. 평소라

면 재미로 "만약에"로 운을 떼서 "10억 줄 테니까 스마트폰 없이 한 달 살라고 하면 가능?"과 같은 단순하고 재미난 상상들을 일삼았을 텐데, 이날의 가정법은 하나도 웃기지 않았다.

"만약에 인터넷이 끊기면 어떡하지? 라디오도 없는데 세상 소식을 어떻게 알아?"

"만약에 통행이 금지되면 어떡하지? 지금 냉장고에 있는 걸로는 며칠 못 버틸 텐데."

"만약에 물 끊기면 어떡하지?"

"…… 우리 일단 씻자."

머릿속이 복잡한 와중에 우리는 언제 수도가 끊길지도 모른다는 상상 속에서 빠르게 샤워를 했다. 물통에 물을 가득 채우고, 전기가 끊기기 전에 모든 전자기기를 충전했다. 생존과 직결된 '만약'들 속에서 겁먹고 서로 다른 지역에 뿔뿔이 흩어져 사는 가족들과 어디서 만나야 할까 고민하는 지경까지 갔을 때, 국회 앞에 모여든 사람들을 실시간으로 촬영한 사진과 영상이 인터넷을 뒤덮었다. 굳게 닫힌 철문, 시민에게 총을 겨누는 군인들, 담을 넘는 국회의원들, 두려운 것이라곤 없는

지 자리를 지키고 선 시민들. 고맙고 미안하고 걱정스
러운 마음이 뒤엉킨 채, 깜빡 잠에 들면 무슨 일이라도
일어날 것만 같아 뜬눈으로 지새우는 새벽이 아주 느리
게 흘러갔다.

★

12월 초 서울에선 서울독립영화제가 한창이다. 하
필이면 계엄 다음 날, 영화제 행사의 일환으로 독립영
화 감독들이 주축이 되는 창작자포럼에서 발언을 하기
로 예정되어 있었다. 솔직히 말하자면 정말 가기 싫었
다. 계엄령이 해제되었다고는 해도 앞으로 자유와 안전
을 보장받는 '독립'된 시민으로 잘 살아갈 수 있을지도
모르겠는데, 창작자로서의 '독립'과 '영화'에 대해서 말
해야 하다니. 지난밤의 일 때문에 머리가 하얘져서 아
무것도 생각나지 않는다고 해야 하나. 무서워서 집 밖
으로 못 나가겠다고 해야 하나. 그냥 이불 속에 누워서
몸을 숨기고 마음의 안정을 찾고 싶었다. 나만 그런 건
아니었다. Y는 화과자 원데이클래스 예약창을 들여다

보며 선생님이 수업을 취소해주면 좋겠다고 한숨을 쉬었다. 하고 싶은 일도, 해야 할 일도 짐처럼 느껴지는 것이 바로 계엄 이후의 삶이구나. 하지만 세상은 아무 일도 없었던 것처럼 계속되고 있었다. 비가 오나 눈이 오나 출근하고 학교에 가는 게 한국인이라고는 하지만, 집단적인 트라우마가 생겼음에도 주어진 일을 해야 한다는 사실은 변함없었다. 모두가 겪은 일을 가지고 나만 힘들다고 생떼를 부릴 수는 없는 노릇이니 억지로 채비하고 극장에 갔다. 오랜만에 보는 얼굴들, 처음 보는 얼굴들 모두 지쳐 있었다. 계엄의 여파는 모두가 함께 겪고 있었다. 누구도 오기 싫었다고는 말하진 않지만, 포럼이 취소되는 건 아닐까…… 하는 생각은 다들 해본 눈치였다.

신기했다. 이불 속에서 스마트폰을 들여다볼 때보다 압구정까지 가 사람들과 이야기를 나누는 게 덜 불안했다. 어쩌면 바로 다음 날 무사히 서로와 마주하고, 안녕을 확인할 수 있어서 다행이라는 생각도 들었다. 발언은 열 명의 감독이 차례로 이어갔다. 첫 순서는 어쩌다 보니 내가 됐는데, 흥분한 나머지 폭풍처럼 이런 저런 말들을 쏟아냈다. 분명 독립영화와 돈의 관계에 대해 말하려고 했지만 그런 건 더 이상 중요하지 않은 것처럼 느껴졌다. 결국 발언 내용도 제대로 준비하지 못한 채로 마이크를 잡고, 공동의 경험이 된 사회적 참사와 정치적인 문제들이 지금의 독립영화에 얼마나 많은 영향을 끼쳤는지 이야기했다. 영화의 독립, 독립의 영화를 말하기 위해선 정치에 대해 말하지 않을 수 없었다. 정권과 정책이 바뀔 때마다 영화도 창작자도 휘청이는 현실과 함께 이런 때에 독립영화는 무엇을 해야 하냐고, 무엇을 할 수 있느냐고 질문했다. 뒤이어 발언하는 감독들이 질문에 답해주길 바라면서. 그들의 목소리는 격양되기도, 떨리기도, 울먹이기도, 또 씩씩하기도 했다.

　내심 독립영화의 현실이라는 지겨운 주제를 이야기하는 것이 뭐 얼마나 특별할 수 있을까 생각했지만, 그건 내 착각이었다. 서로를 지지하고 다독이는 그 자리는 무척이나 특별했다. 마음속 깊숙한 곳에서 이런 시국에 다 무슨 소용이 있겠느냐고 비관하던 스스로가 부끄러웠다. 세상이 어떤 모습을 하고 있을지라도, 이 사람들은 기록을 멈추지 않을 것이다. 우리가 든 카메라는 그 누구에게도 잡아먹히지 않을 것이다. 단 한 번도 영화가 세상을 바꿀 수 있다는 의견에 동의한 적 없지만, 한 번쯤은 믿어보고 싶어졌다. 영화가 세상을 바꿀 수 있을지도 모른다고 기대하고 싶어졌다. 이불 속에 몸을 숨기지 말고, 한 발짝만 더 나와서, 소중한 것들을 지키고 싶어졌다. 무엇이 되었든 지금의 내가 할 수 있는 건 다 해봐야겠다고 생각했다. 끔찍한 밤을 보내고 한데 모여 객석을 채운 사람들의 존재를 확인하는 건 생각보다 큰 힘이 됐다. 우리는 괜찮을 거라고, 그러니 안심하라고 말해주는 것 같았다. 내 안의 급진적인 변화가 조금은 당황스럽게 느껴졌다. 물론 그 무엇도 비상계엄만큼 당황스러울 수는 없을 것이지만.

★

고백하자면, 살면서 가장 많이 가본 집회는 태극기 집회다. 혹시라도 극우 보수 세력이라는 오해는 말아줬으면 좋겠다. 때는 2019년, 전작인 다큐멘터리 영화 〈성덕〉(2021)을 촬영하던 시기였다. 범죄자가 되어 버린 스타를 계속해서 옹호하고 지지하는 팬들의 모습이 국정농단으로 탄핵된 전 대통령 박근혜의 추종자들과 겹쳐 보여서 그들을 촬영하고 싶었다. 어쩌면 '박사모'는 한국에서 가장 극단적이고 열광적인 정치 팬덤이기도 했으니까. 서울역 앞 태극기 집회에 여러 차례 방문했다. 집회에 참여한 어르신들에게 사상 검증을 당하기도 하고 (우리나라의 대통령이 누구냐는 질문에 문재인이라 답하는 순간 거의 쫓겨날 뻔했다.) 모처럼 젊고 개념 있는 청년이 같은 뜻으로 찾아왔다며 여기저기 끌려다니는 등 많은 일이 있었지만, 촬영은 잘 마무리되었고 영화에서도 제법 중요한 대목에서 집회에서 촬영한 장면들이 쓰였다.

이후에도 크고 작은 집회에 참여하긴 했지만 뭐랄까, 본격적인 규모의 집회는 무척 오랜만이었다. 전날 밤 작은 가방에 핫팩과 간식거리, 마스크 등을 챙겼다. 짧지 않은 시간 동안 누군가의 팬으로 살아왔음에도 떳떳하게 들고 다닐 수 있는 응원봉 하나 없었다. 결국 작은 탁상조명 하나를 챙겨 들고 길을 나섰다. 국회의사당 주변은 이미 인파로 가득 차 있었다. 겨우 친구를 만나 대열에 합류했다. 영화인연대 깃발을 찾고 싶었지만 그마저도 불가능해 사람들 속에 끼인 채로 천천히 국회 앞으로 걸어갔다. 이 많은 사람이 여기에 있다. 같은 뜻을 가지고 모였다. 서로의 동력이 되어 함께 걷는다. 조금씩 전진한 끝에 국회의사당 본관이 보였다. 차량이 통제되어 넓게 펼쳐진 대로에는 상상한 것보다도 훨씬 더 많은 사람이 이미 자리를 지키고 앉아 있었다. 무대 발언이 전광판으로 송출되는 동안, 보고 싶지 않은 광경도 여러 차례 목격했다. 좁은 간격 때문인지 아스팔트 바닥 위에 앉은 이들끼리 크게 다투어서 소란이 생기기도 했고, 자신을 퀴어 페미니스트라고 소개하는 발언자가 마이크를 잡자 그 소리가 파묻힐 만큼 커다란 목소리로 자신들끼리 구호를 외치는 남성들도 있었다. 하나의 목표를 위해 추위와 피로를 감수하고 한자리에 모였음에도 불구하고, 그 자리에서마저 서로에게 선을 긋고 차별하고 혐오하는 것을 목격했을 때 기분은 암담했다. 당장 눈앞의 큰 산을 넘어 탄핵소추안이 가결된다 하더라도 우리가 앞으로 넘어야 할 산이 얼마나 많고 높은지 그 예고편을 보는 것만 같았다. 어째서 공공의 적이 있음에도 불구하고 '우리'는 '우리'가 되지 못하는 건지, '우리'라는 말은 세상에서 가장 포용적인 동시에 또 얼마나 많은 이를 배제하는 말인지.

시간이 흐르고, 탄핵소추안 표결은 의결정족수 미달로 투표 불성립 처리되었다. 아직도 실망할 일이 남았고, 충격받을 일이 더 남아 있다는 사실이 놀라웠다. 믿을 수 없는 결과에 자리를 떠나는 사람도 많아졌다. 국회 본회의장의 빈 좌석과 미어질 듯하던 대로에 생긴 시민들의 빈자리는 마음에도 구멍을 만들었다. 그 구멍에는 절망이 들어앉았다. 하지만 오래가지는 않았다. 추위와 어둠에도 자리를 지키는 사람들이 있고, 같은 마음으로 켜진 색색깔의 빛이 빈자리들을 더 밝게 채우며 빛나고 있었다. 무력감이 마음에 구멍을 내고, 그 자리에 절망이 들어앉아도 그들은, 아니 우리는 노래를 부르고 구호를 외치고 응원봉을 흔들었다. 오늘이 안 되면 다음 주에 하면 되고, 다음 주도 안 되면 그다음 주에 하면 된다고, 그러니까 일단은 무력감도 절망도 떨쳐버리고 같이 목청껏 소리 지르자고 말해주는 것 같은 뭉클한 풍경이었다. 자신의 의무를 다하지 않고 자리를 뜨는 의원들을 집에서 혼자 지켜봤다면 분노를 다스리는 것이 더 힘들었을 것 같다. 하지만 눈앞에 서로 연대하는 사람들이 있었다. 그들 덕분에 버텼다.

★

탄핵소추안이 가결된 이후에도 집회는 장소를 바꿔가며 계속되었다. 그 양상도 조금씩 변화했다. 변함없는 사실도 있었다. 집회 문화를 주도적으로 만들어나가는 이들은 응원봉을 든 젊은 여성들이었다. 마침 응원봉을 든 팬들에 대한 영화를 찍은 경험이 있는 데다 이십대 여성이기 때문인지 마이크나 지면이 여러 차례 주어졌다. 오만한 발언일지도 모르지만, 영화를 만든 후에 사회적으로 전보다 조금은 더 큰 스피커가 주어졌으나 그것을 제대로 활용해 이로운 곳에 쓰지 못했다는 부채감이 있었다. 대중 또는 다수에 속해 있는 익명의 시민으로서 존재하는 것과 직업과 이름을 걸고 의견을 표명하는 것에는 큰 차이가 있다. 후자가 훨씬 무겁고,

어렵고, 버겁다. 그런데 시민들은 매주 그것을 했다. 자신의 소속과 연령대, 이름 등을 밝히고 수십만 명 앞에서 해야 할 말을 했다. 그들은 자꾸만 나를 용감해지게 만들었다. 용기를 내서 이전보다 더 적극적으로 목소리를 내도록 만들었다. 부끄럽지 않은 사람이 되고 싶게 만들었다.

내 또래의 여성들은 본인의 몸집보다도 큰 깃발을 휘날리고, 응원봉을 흔든다. 핫팩과 먹을 것을 주변 사람들에게 나누어 준다. 앞에서 구호를 선창하면 뒤에서 함께 외치고, 노래를 틀어주면 따라 부르며, 때로는 마이크를 잡고 발언한다. 언론에서는 앞다투어 이번 집회에서 부각되는 여성들의 역할을 이야기하지만, 이런 반응들이 조금은 새삼스럽기도 하다. 이미 오랜 시간 광장을 지킨 젊은 여성들의 역사가 존재하기 때문이다. 우리가 집회에서 만나는 젊은 여성들은 박근혜 탄핵 집회 때 교복을 입고 광화문에서 촛불을 들었으며, 차별금지법 제정을 요구하며 시위를 축제로 만들었고, 여성혐오 범죄에 반대하며, 검찰 개혁을 촉구하며, 장애인 차별에 반대하며 각자의 안건을 마음속에 품고 모여 깃발을 들었고, 함께 목소리를 냈다. 그들은, 우리는, 이미 한참 전부터 광장에 서 있었다. 그렇기에 시위의 풍경 중 어떤 것들은 그동안 과소평가되어왔을 뿐이다. 그럼에도 주목받아야 할 것이 제대로 주목받아서 다행이다. 아끼는 응원봉을 들고 익숙한 케이팝과 입에 덜 붙은 민중가요를 번갈아 부르는 여성들이 민주주의 집회의 상징이 되어서 기쁘다. 덜 비장한 채로도 더 나은 세상을 위해 싸울 수 있고, 분노를 흥에 녹이면 오히려 더 오래 화낼 힘이 생긴다는 걸 이번 집회를 통해 좀더 많은 사람이 확인하고 있다. 장기전이 되었음에도 계속해서 거리를 지키는 젊은이들이 줄지 않는 건 이번 집회가 축제와 비슷한 모습이기 때문일 것이다.

★

문득 잠시 잊고 있던 얼굴들이 떠올랐다. 역시나 전작인 다큐멘터리를 촬영할 때의 일이다. 시즌제로 계속해서 인기를 끌던 한 오디션 프로그램이 투표 조작 의혹에 빠졌다. 방송을 보는 이들이 데뷔할 멤버를 선택하는 '국민 프로듀서'가 된다는 큰 틀을 가지고 있었기에 누군가가 투표에 개입해 순위에 결정적인 영향을 주었다면, 오디션에 참가한 아이돌 연습생들은 물론이고 돈과 시간, 마음을 써서 투표한 팬들을 기만한 것이 되는 상황이었다. 케이팝 팬덤 내부뿐만 아니라 사회적으로도 제법 큰 사건이었다. 이미 프로그램은 종영하고, 순위권에 든 멤버들 역시 그룹을 결성하고 막 활동을 시작한 상태였지만, 투표 조작의 여파로 인해 활동이 중지되더니 데뷔가 무산되고 말았다. 하지만 팬들은 가만히 있지 않았다. 방송 책임자들이 저지른 잘못을 고스란히 떠안게 된 멤버들에 대한 피해 보상을 요구하는 시위를 시작했다. 피켓과 슬로건을 들고 방송국 본사 앞에 모였고, 팬들이 제작한 영상이 트럭에 달린 전광판에서 송출되었다. 심지어는 커피차도 있었는데, 사건 내용과 팬들의 요구사항을 정리한 전단을 제작해 시민들에게 무료 음료와 함께 배포했다. 사실상 기만당한 팬들을 위한 피해 보상이 아니라, 커리어에 흠집이 난 멤버들을 위한 피해 보상을 외치는 단단한 목소리들이 빌딩숲 사이를 울렸다. 안타깝지만, 결과적으로 이들의 요구는 받아들여지지 않았다. 각 멤버들의 소속사가 모두 달랐던 탓에 이후의 단체 활동에 대한 합의점을 도출하기가 힘들었다. 팬들은 억울한 사건으로 좋아하는 그룹을 잃어버린 상실감이 무척 컸을 것이다. 하지만 무언가를 지키기 위해 주체적으로 움직였던 감각은 여전히 그들에게 남아 있을 것 같다. 분명히 이 많은 사람들 틈에서 같이 목소리를 내고 있을 것 같다.

언제나 원하는 것을 얻기 위해 가장 주체적으로 움직이는 이들은 여성 팬들이다. 이들이 가진 것 중 가장 튼튼하고 밝게 빛나는 물건이 응원봉이다. 그러니 수많은 팬이 편안한 마음으로 좋아하는 것을 계속 좋아할 수 있는 세상을 위해, 내 최애에게 행복한 세상을 만들어주기 위해 촛불을 대신해 절대 꺼지지 않을 응원봉을 켜는 것이다. 하지만 팬덤 문화를 하위문화라고 여기고 경시하는 분위기가 깔려 있는 한국 사회에서 너도나도 앞다투어 응원봉을 구하려 하고, 응원봉을 가진 이들을 부러워하는 모습은 낯설었다. 응원봉을 든 시민들의 수가 점점 더 많아져 추운 밤마다 가지각색으로 반짝이는 빛들이 경이로웠다. 그런 광경을 실제로 본

것은 각종 케이팝 팬덤이 한데 모이는 시상식이나 음악 방송 이후로 처음이었다. 고척도 아니고, 상암도 잠실도 아닌 국회 앞이나 광화문 같은 어색한 장소에서 보게 될 거라곤 상상 못 했던 풍경이었다. 여러 색으로 빛나는 응원봉들을 거리에서 마주하는 것이 사람을 얼마나 감동시킬 수 있는지 그 자리에 있었던 사람들은 모두 느꼈을 것이다. 사람들 속에서 부대끼는 한겨울의 거리가 생각만큼 춥지는 않다는 것도.

★

일정이 있어 집회에 참석하지 못하는 주말이면 죄책감에 사로잡힌다. 울화가 치밀기도 한다. 죄지은 사람보다 더 큰 부채감을 우리 모두가 나눠 갖는 것 같아서. 친구 J가 내게 말했다. 우리가 서로에게 빚을 지는 거라고. 누군가 가지 못하는 날이면 다른 사람이 대신 그 자리를 지켜주고, 그러다 어떤 날은 함께 가서 더 밝게 촛불을 밝히면 된다고. 그 말이 맞는 것 같다. 우리는 서로를 믿고 의지하고 가끔은 빚을 지면서라도 지치지 않고 앞으로 가는 방법을 배우고 있다. 내가 사는 나라를 지키기 위한 싸움은 곧 나 자신을, 내 주변을 지키기 위한 싸움이다. 어쩌면 이건 소모전일까. 지치는 것이 우리의 가장 큰 적이 될 것만 같다. 그래서 지치려고 할 때마다 기억하려고 한다. 혼자가 아니라는 걸. 옆에 있는 사람들의 얼굴을 확인하며 깨달은 경험을, 서로를 도우려고 애썼던 경험을, 배부르고 등 따시게 누워 있는 것이 죄책감으로 느껴지는 경험까지도. 이 모든 육체적이고 감정적인 경험을 하기 전과 후의 삶은 분명히 다를 것이고, 이미 달라지고 있다. 비상계엄이 일어나지 않았다면, 영원히 잊지 못할 것 같은 공포가 각인되는 순간을 겪을 필요가 없었을 것이다. 하지만 그 이후의 경험들 역시 영원히 잊지 못할 중요한 기억이 됐다. 나와 우리의 역사가 됐다. 함께 쌓은 시간과 경험들 덕에 우리는 지속 가능한 투쟁, 유쾌한 저항, 성숙한 민주주의에 조금 더 가까이 다가가게 된 건지도 모른다. 계엄의 결말도, 탄핵의 결말도 무엇이 될지 모른 채로 이 글을 닫는다. 그러나 믿고 있다. 우리가 이긴다.

오세연

영화감독. 1999년 부산에서 태어났다. 한국예술종
합학교에서 영화를 공부했다. 데뷔작인 장편 다큐멘
터리 영화 〈성덕〉(2021)은 부산국제영화제, 서울독
립영화제, 우디네극동영화제 등 국내외 상영 및 극장
개봉으로 화제를 모았다. 저서로는 필름에세이 《성덕
일기》가 있고 앤솔로지 《여름을 달려 너에게 점프!》
등에 글을 실었다.

임지은

멀미하는
민주주의

기사는 다시
물었다.
"그, 누구
때문에 그렇게
되었다고
생각해요?"
야이씨, 나 택시
잘못 탔다······.

골목이 왜 이 모양이냐고 택시 기사가 대뜸 짜증을 냈다. 큰 도로로 나가는 길이 얼른 눈에 들어오지 않는다는 거였다. 갈 길이 먼데 괜히 나까지 짜증을 냈다간 서로 불편할 터여서, 나는 부러 상냥한 말투로 길을 알려주었다. 직진하시면 도로가 나오고 그 좌측이 금방 고속도로예요. 정말로 직진 후 도로가 나오자 기사는 방금까지 승객에게 짜증을 부린 게 머쓱했는지 말을 걸어왔다.

"그런데, 지금 가는 데에 사시나?"

"예, 엄마 집 들렀다가 가는 길이에요."

"거기 요즘 시끄럽지 않았나?"

그랬죠. 나는 고개를 끄덕였다. 원래는 그렇지 않았다. 새로 이사 온 집은 경사가 꽤 가파른 산 초입에 위치한 대신 고요하고 평온했다. 동네에 정을 붙이고자 나는 동거인과 자주 산책을 다녔다. 조금 멀리까지

산책할 때면 가만히 서 있는 경찰들을 보며 서로의 귀에 속삭였다. 근처에 대사관이라도 있나 봐. 참 조용하다……. 내란 이후 나는 경찰들이 서 있던 곳에 대통령이 산다는 것과 내 방 창문이 그쪽으로 나 있다는 걸 알게 되었다. 관저는 제법 떨어져 있었지만. 산등성이로 부는 바람은 유독 강해서 그 바람을 타고 어디에도 부딪히지 않은 소리들이 멀리서부터 그대로 전달되었다. 한동안 글을 쓰고 읽을 때, 잠이 들 때까지 저쪽의 것이기도 했고 이쪽의 것이기도 한 집회 소음이 웅얼웅얼 들려 왔다. 집 앞으로는 성조기를 든 이들이 오갔다. 그들은 내가 평소 자주 가던 카페의 사장에게 커피를 주문하며 물었다. 빨갱이 편이냐, 아니냐. 하루는 그들 중 머리에 뽕을 엄청나게 넣은 할머니가 대뜸 요즘 젊은 애들은 이기적이라고 귀가 중인 나를 나무랐다. 또 하루는 한 할아버지가 거기 젊은이들 성조기 가져 가라고 소리를 질러대는 걸 그냥 지나쳤다가 그만 빨갱이 새끼라는 말을 듣기도 했다. 정말 기사의 말마따나 동네는 한창 시끄러웠고 내 마음도 그랬다.

그것만으로는 부족하다는 듯 기사는 다시 물었다.

"그, 누구 때문에 그렇게 되었다고 생각해요?"

야이씨, 나 택시 잘못 탔다…….

평소 사칭하는 걸 (당연히) 좋아하지는 않는다. 하지만 미용실, 병원, 택시같이 잘 모르는 사람과 짧지 않은 시간 얼굴을 마주해야 하는 곳에서는 거짓말을 일삼아왔다. 뭐 프리랜서 번역가라거나, 회사원인데 이직 준비 중이라거나. 별다른 이유는 없다. 그냥, 그쯤 하면 보통 질문이 더 이상 이어지지 않았다. "무슨 일 하세요?" 어떤 사람들은 평일 낮 가임기 여성과 마주치면 꼭 꼬치꼬치 그런 걸 물어보려 했다. 그럴 때 질문은 나를 향한 호기심이라기보다는, 자신이 평소 해온 생각을 뱉기 위한 미끄럼틀에 가까웠다. 결혼은 했냐, 누구 돈으로 노냐, 남편 밥은 언제 차리냐, 그런데 애는 언제 낳냐……. 장난스럽기도 경멸이 묻어 있기도 한 말들. 어딘가 속해 있지 않은 가임기 여성은 벌을 받아야 마땅하다는 사회적 합의가 공공연하게 존재하는 모양이었다. 어떤 사람들은 그저 질타하기 위해 질문한다. 그럴 때마다 나는 그 앞에선 당황해 어버버 웃고는 뒤늦게 속이 뒤집어지곤 했다. 평생 한 번도 쉰 적이 없는데 뭔 개소리야! 내가 분개하자 친한 언니는 그들과 싸우려 들지 말라며 달랬다. 야, 어차피 네가 못 바꿔. 몇 해 더 살아본 여자답게 언니는, 꼭 필요한 때가 아닐 때 정면승부 같은 걸 했다간 정작 필요할 때 힘을 못 내니 때론 그들을 상대하지 않는 방법 또한 익혀야 한다고 당부해주었다.

"당연히 내란을 저지른 사람 때문이지 않겠어요?"

기사의 질문에 답하며 나는 언니의 말을 새삼 떠올렸다. 스멀스멀 밀려오는 불길함. 아니나 다를까, 기사가 기가 차다는 듯 백미러로 나를 바라보았다.

"내란이요? 허, 참…… 왜 그렇게 생각하지? 무슨 일을 하시길래?"

기사의 말은 대충 이런 의미 같았다. 너 뭐 돼? 평일 낮에 택시나 타는 여자애 주제에?

허, 참…… 좀 친절하게 살려고 했는데 내가 또 쓸데없이 상냥했네. 나는 기사를 따라 보란 듯 한숨을 쉬며 습관적으로 내 모습을 체크했다. 선팅된 차창에 슬쩍 비치는 내 모습은 제법 자기 일을 갖고 있는 사람처럼 보였다. 몇 년 전까지 나는 질타를 너무 오래 들어 생긴 불안으로 세차게 흔들렸다. 직업적으로 자신이 없기도 했다. 그건 겉으로도 드러나고는 했다. 어떻게 꾸미고 숨겨도 내 모습은 설명할 길 없이 정말 불안정해 보였던 것이다. 그로 인해 나는 종종 악순환에 빠졌다. 내 불안정을 이유로 내가 논리적이지 못하다고 나무라는 사람들, 내가 화를 내거나 의견을 내야 하는 상황에서조차 여자들은 역시 감정적이라고 혀를 차는 사람들까지 상대해야 하는 악순환 말이다. 참나, 그럼 너희처럼 개소리를 안정적으로 말하면 논리적인 거냐. 여하튼 그런 악순환이 싫었던 나는 나를 흔드는 상황에서 스스로의 모습을 체크하는 버릇이 생겼다. 다행히 서른 중반인 나는 그때보다 안정되어 보였고 실제로 전보다 내 일에 자신이 있기도 했다.

그렇다고 작가라고 답했다간……. 택시는 고속도로로 진입해 있었다. 적어도 30분 정도는 택시에 꼼짝없이 앉아 있어야 했다. 그동안 어떤 말이 오간다 한들 기사는 변하지 않을 것이었다. 무엇보다 나는 몹시 피곤했다. 경험적으로 이런 상황에서 작가라고 대답하는 거야말로 최악이었다. 그 단어는 어쩌면 나를 더 피곤하게 만들 다음 질문들을 불러일으킬 것이었다. 그래요? 무슨 책인데요? 그런 걸 왜 쓰는데요? 너 근데 뭣도 아니죠? 내가 세상에 대해 한 수 가르쳐줄까요? 아아, 이런 시뮬레이션을 가능하게 해준 나의 데이터들. 첫 손님이 여자여서 재수 없다던 택시 기사들과, 한때 자신이 얼마나 문학청년이었는지 읊으며 내게 글쓰기에 관한 일장 훈계를 늘어놓았던 중년 남성들, 본인이 아는 게 세상 전부인 줄 아는 감정적인 남자애들과, 여자들은 꼭 중요하지도 않은 것에 몰두한다고 얕보던 온갖 기타 등등 인간들이여…….

언니의 말은 맞다. 때론 상대하지 않는 것이 중요하다. 그래서 나는 S를 사칭하기로 했다. S는 사람들을 살갑게 대할 줄 알면서도, 누군가 이상한 말을 하면 가늘게 뜬 눈으로 너 따윈 상대 안 하겠다는 듯한 침착함을 내보이는 여자였다. 나는 그런 S를 좋아했고, 내가 알기로 S 또한 이럴 때 자신을 사칭해도 괜찮다고 할 정도로 나를 좋아했다. 거기다 S는 유명 법인에서 근무하고 있었다. 남의 직업이 뭔지부터 대뜸 따져 묻는 사람이라면 대문자 권위 앞에서 조용해지기 마련. 나는 내가 알고 있는 S의 것들을 맘대로 빌리기로 결심하고 마치 그녀라도 된 양 가늘게 눈을 뜬 채 침착하게 말했다.

"궁금하신 게 많으시네요. 휴직 전까지 법 관련 일만 계속 해왔는데요. 아는 걸 아는 대로 말했는데 뭐 문제 있습니까?"

잠깐 멈칫하는 듯하던 기사는 곧이어 느릿느릿 답했다.

"변호사이신가 봐요? 공부 잘하셨나 보네."

어떤 오해는 내버려두는 게 좋다. 나는 대꾸하지 않았다. 그는 이윽고 내게 지금은 쉬느냐고, 어디서 일했느냐고 물었다. 나는 예의 바르되 딱딱한 말투로 S가 다니는 법인의 이름을 말하면서, 처음부터 짜증을 부리며 반말을 섞던 기사가 어느새 묘하게 누그러진 말투로 존대를 쓰고 있다는 걸 눈치챘다. 이따금 공손함은 한 사람에 대해 좋은 쪽으로든 나쁜 쪽으로든 여러 가지를 알려준다. 언젠가 S가 한 말이 스쳐 지나갔다. 나는 상냥해지려고 애쓰는 데, 꼭 어떤 사람들은 싹바가지 없이 대해야 나를 같은 사람으로 본다니까…… . S의 말은 맞았다. 기사는 아까 그 사근사근하던 여자애가 주제에 갑자기 싸가지 없게 군다고 나를 미워할지도 몰랐다. 그러라지. 내가 바라는 건 그에게 미움받지 않는 게 아니라 그가 나를 호락호락하지 않게 보는 것, 내게 말 걸기를 이제 그만 포기하는 것이었다. 다만 늘 그랬듯이 세상은 내 마음처럼 호락호락하지 않았다.

"그런데요. 법 공부까지 해오셨다는 분이 대통령님 일을 그렇게 함부로 말하시면 안 되죠. 부정선거 증거가 판을 치는데."

내가 뭘 들은 거람? 순간 균형을 잃은 느낌과 함께 격앙된 말들이 튀어 나갔다.

"저는 기사님보다 운전을 못 합니다. 운전 전문가인 기사님이 길을 더 잘 아실 테니 아까도 기사님 편하신 대로 가시라고 말씀드린 건데요. 세상이 그렇게 돌아가는 거 아닙니까? 기사님이야말로 남이 오래 일해 온 영역을 그렇게 함부로 말하셔도 되는 거예요?"

침묵.

차창 밖 하늘은 어두운 흰색이었다. 날은 흐렸고 고속도로는 끔찍하게 막혔고 차 안 공기는 지나치게 무거웠다. 아무것도 흐르지 않는 도로 위 오직 내 심박수만이 전력 질주하는 듯했다. 침착해, 침착하자. 다시 무표정을 유지하려고 애쓰는 동안 관자놀이의 맥박이 느껴졌다. 그런데 나는 지금 나로서 화를 낸 건가, S로서 화를 낸 걸까? 사칭한 지위로 화를 내도 괜찮으려나? 하지만 사칭하지 않았다면 저 사람이 어떻게 나왔을지 누가 알아? 아니, 정당한 화를 낼 때조차 왜 이런 걸 생각해야 할까? 스스로를 결코 의심하지 않는 사람들 앞에서 언제까지 나만 스스로를 의심해야 되는 거지?

옆 차선에서 차가 느릿느릿 두 대정도 지나갔을까, 기사가 먼저 입을 열었다.

"하고 싶은 말은 많은데, 제가 별말 안 하겠습니다."

나도 최대한 쌀쌀맞게 말했다.

"네, 그냥 갈 길 가주시면 됩니다."

제발요.

기사에게 보인 내 반응은 최근 나에게 DM을 보낸 여자 때문일지도 몰랐다. 그로부터 며칠 전, 길을 잘못 들어 저쪽 극우 집회 한가운데를 헤맨 적이 있었다. 그

건 아주 새로운 경험이었다. 저쪽의 연설을 그렇게까지 앞에서, 처음부터 끝까지 들어본 적은 처음이었다. 이쪽 무대가 "당신들이 그러고도 시민입니까? 그러지 맙시다" 하고 맞는 말을 거듭 외치는 식이라면, 저쪽에서는 "저 새끼들은 사탄이니 찢어 죽입시다, 이기적인 년들에겐 매가 약입니다"라고 거듭 고함치는 식이었다.

저 멀리 출구가 있단 걸 알아내고도 나는 그 안을 천천히 걸었다. 당장 도망치고 싶은 동시에 더 머무르고 싶었던 내 마음을 어떻게 설명해야 할지 모르겠다. 2025년에 대놓고 그런 소릴 함으로써 화기애애하게 하나가 되는 사람들이, 내 세계에선 좀처럼 가까이 볼 수 없는 사람들이 눈앞에 있었다. 혼란한 얼굴로 걷는 내게 한 할머니는 애국 젊은이, 하고 부르더니 꿀 떨어지는 눈길로 손을 흔들어주었다. 다정히 음식을 나누어 먹는 할아버지들, 나들이를 나온 것 같은 커플들도 제법 보였다. 이재명의 머리를 밟아 죽이자는 누군가의 연설이 끝나고 신남성연대 아무개가 마이크를 잡을 즈음에서야 나는 저쪽 집회를 빠져나왔다. 내 앞에는 집회를 마치고 귀가하는 듯한 한 가족이 걸어가고 있었다. 경광봉을 든 아빠와, 커다란 태극기를 어깨에 망토처럼 두른 채 아빠의 손을 잡고 신이 난 채 폴짝거리는 어린 남매. 나는 뒤를 따라 걸으며 조용히 그들의 단란함을 바라보았고, 내가 본 것을 그대로 메모한 뒤 고민 끝에 그 마지막에 '여러 마음이 든다'라고만 덧붙여 인스타그램 스토리에 올렸다.

　여자는 내 스토리를 본 뒤 DM을 보낸 것이었다. 모두 다 같은 사람이고 서로 의견이 다를 뿐이지 않느냐는 내용이었는데 글쎄, 당연히 저쪽 집회에 참여한 이들은 도깨비가 아니라 사람이었다. 나는 내가 본 것들에서 '사람다움' 같은 걸 따로 발견해낼 생각은 없었는데, 거기서 휴머니즘을 강조한다면 그거야말로 내가 저쪽을 원래 도깨비로 취급해왔다는 의미와 다름없기 때문이다. 오히려 내가 강조하고 싶은 건 다 같은 사람끼리 갖게 된 간격, 서로 다를 뿐이라는 말로는 도무지 메울 길 없는 아득한 구멍 같은 것이었다. 갸웃거리면서도 나는 여자와 내가 비슷할 거라고, 단지 정치적 갈등을 보기 힘들어하는 사람일 거라고 추측했다. 몇 분 뒤 여자가 재차 이런 DM을 보내기 전까지는 말이다.

"민주노총 시위에서 폭행당한 경찰관이 혼수상태에 있다는 게, 혐오 묻은 스피커 속 발언보다 심각한 게 아닐까요?"

일본의 사상가이자 저술가인 우치다 다쓰루는 '액자의 틀'이라는 비유를 든 적이 있다. 가령 사람들은 액자의 틀 없이 그림을 볼 수 없는데, 다름 아닌 액자의 틀이 '우리, 이 안에 있는 건 그림으로 보기로 해요'라고 알려주기 때문이라는 거였다. 때로 액자의 틀은 성당이나 극장 같은 건축물이기도, 소설 같은 장르이기도 했다. 그에 따르면 그 틀들이 '이 안에서 일어나는 건 현실 생활과는 달라요' 하고 넌지시 알려주기에, 우리는 성당에서 일상과 다른 방식으로 성스러워지며, 극장에 가서 배우의 연기를 현실과 혼동하지 않고, 소설 속 살인 사건을 읽고도 경찰에 신고하지 않을 수 있다. 내 생각에 우치다 다쓰루는 '액자의 틀'이라는 비유를 통해, 최소치의 합의이자 공통의 믿음을 말하려는 거 같았다. 해석이 들어갈 여지가 없는 가장 작은 신뢰. 개개인이 서로 다를 뿐이라는 말로는 해결되지 않는 아득한 구멍을 조금이나마 메꾸기 위해 사회에 필요한 공적인 것 말이다.

　그리고 DM을 받은 날 나는 잠을 이루지 못하고 새벽 내내 '액자의 틀'을 떠올렸다. 경찰관이 폭행당해 혼수상태에 빠진 게 진짜라면 심각한 일이었다. 나는 이쪽 사람 중 누군가가 경찰을 폭행할 거라 믿지도, 폭행하지 않을 거라 믿지도 않았다. 그런 믿음을 걸기에 개개인은 너무나 다양했다. 다만 내겐 '액자의 틀'에 대한 믿음은 있었다. 이를테면 나는 소위 레거시 미디어라 해도 완전히 신뢰하지 않았고 특정 언론사는 더더욱 싫어했다. 그들은 내게 언론사조차 공정하지 않음을, 팩트는 입장에 따라 교묘하게 취사 선택될 수 있음을 가르쳤다. 그러나 아무리 내가 싫어한다고 한들 그들이 적어도 사실관계를 확인한 뒤 보도한다는 건 달라지지 않았다. 그건 그냥 믿어야 했다. 신용이란 오로지 상대에게만 달려 있는 게 아니라 상대에 대한 내 믿음에도 달려 있다. 언론사가 공신력을 크게 잃었다는 것과, 공신력이 아예 없다고 전제하는 건 완전히 다른 말이다. 공신력이 '공적인 신용의 힘'일 때, 거기에 대한 구성원 사이 최소치의 합의와 믿음조차 없다면 어떻게 될까?

공적인 것을 누구도 믿어주지 않는 사회를 사회라고 할 수 있을까? 그 사회에서 가장 힘들어지는 건 누굴까? 우습게도 나라를 이 지경으로 만든 사람이야말로 이를 잘 이해하고 있는 듯했다. 내란 지지자들은 공신력을 무시하는 반면, 정작 내란을 일으킨 사람은 공신력을 믿었다. 모든 언론과 출판은 계엄사의 통제를 받아야 한다던 계엄포고문이야말로 기존의 공신력을 손대려 함으로써 역설적으로 공적인 것이 이 사회에 아직 중요하게 존재한다고 선언한 셈이었으니까 말이다.

　　여자가 말한 심각한 사건은 대형 언론사 어디에도 보도되지 않았다. 관련 게시물은 특정 커뮤니티에 올라온 글이 전부였으므로, 나는 그 폭행 사건에 대한 결론을 유예했다. 다음 날 혼수상태에 빠진 경찰에 대한 한 커뮤니티의 글은 거짓이라는 기사가 올라왔다. 하지만 안심했다기보다는 착잡했다. 여자의 정치색이 궁금하지는 않았다. 그러나 그가 내란 지지자와 비슷한 방식으로 사회를 바라보고 있다는 것, 그게 나를 무겁게 휘감았다.

　　다시 돌아가, 택시 기사에게 냅다 튀어나온 말들

은 내가 여자에게 끝내 하지 못한 말들과 비슷했다. 비록 사칭이었지만 누군가의 전문성을 신뢰하지 않는 택시 기사에게서 나는 내게 DM을 보낸 여자를 떠올린 것이다. 우치다 다쓰루는 액자의 틀과 액자의 틀이 아닌 것을 올바르게 구분해야 한다고, "액자의 틀을 보지 못하는 사람은 세계를 통째로 잘못 볼 가능성이 있다"[1]고 강조했다. DM을 받고 아주 오래 곱씹으면서 줄곧 여자에게 묻고 싶었다. 함께 가기 위한 최소치의 합의와 공통의 믿음, 그걸 다른 말로 하면 민주주의 아닐까요. 혐오 묻은 스피커 속 발언보다 심각한 건 그것들을 잃어버리는 일이 아닐까요. 우리가 만일 세계를 통째로 잘못 보게 된다면, 우리에겐 무슨 일이 일어날까요. 그러나 나는 끝내 묻지 않았다. 어떤 사람들은 그저 질타하기 위해 질문하고, 나는 내가 그 사람들과 한편으론 닮아 있다는 걸 확인하고 싶지 않았다.

택시 안에 갇혀 있자니 평소 하지 않던 멀미가 올

1   우치다 다쓰루, 도경원 옮김, 《어떤 글이 살아남는가》(원더박스, 2018).

라와 죽을 것 같았다. 혹시 몰라 가방에서 비닐을 찾아봐야 할 정도였다. 내 옆에는 거대한 짐, 엄마가 챙겨준 한 무더기의 사과가 담긴 가방이 있었다. 베란다에 둔 감자와 함께 보관해야겠다고 생각하고 받아온 사과. 사과랑 감자는 같이 두면 좋다. 사과의 에틸렌 가스는 감자가 싹이 나지 않도록 보호해주니까. 하지만 양파는 사과와 반대라서 감자와 양파를 한데 두면 둘 다 빨리 상한다. 그러니까 둘은 꼭 따로 분리해야 하는 것이다. 마치 나와 기사처럼. 비록 감자와 양파인 우리는 평일 낮 고속도로 위 택시 안에서 꼼짝없이 갇혀 있지만……

　　그래, 이 멀미야말로 내가 상했다는 증거이자 좋지 않은 '함께'의 증거였다. 때로 '함께'란 모든 게 내 맘 같지 않을 때 느껴지는 이물감을 체념할 때 가능했다. 나는 종종 내가 100퍼센트 맞다는 독단보다 '함께'라는 단어가 더 낫다고 강조해왔다. 함께면 무조건 좋다는 듯 굴었다. 그러나 택시 안에서, 그렇지만은 않다는 깨달음이 멀미처럼 나를 덮쳐왔다. 감자와 양파처럼 어떤 것들은 같이 두면 상한다. 세상엔 분명히 더 좋은

'함께'와 더 나쁜 '함께'가 있고, 선택할 수 있다면 더 좋은 '함께'를 선택하는 게 좋다. 안 그러면 토할 테니까…….

그게 세상에서 감자와 양파를 없애버려야 끝난다는 의미는 아니다.

지난 두 달간, 부정선거나 내란수괴를 옹호하는 사람들을 볼 때마다 나는 내 엄마, 아빠는 저러지 않아서 천만다행이라고 안도했다. 그러고는 동거인에게 농담하듯 말했다. 저 늙은이들 다 죽기 전엔 안 끝나겠어! 하지만 내 주변에는 소위 TK의 자식들이 많았다. 그 중 하나는 Y로, 지난번 만났을 때 Y는 자기 아빠와 대판 싸운 이야기를 들려주었다. 내란수괴의 편을 드는 아빠에게 참다못한 Y가 이 일이 누군가에겐 큰 상처이며 얼마나 잘못된 일인지 쏘아붙이자, 아빠가 처음으로 무시무시하게 화를 냈다는 거였다. 오래전 Y가 쓴 아빠와의 여행기를 읽은 적이 있었다. 그때 나는 부녀관계가 그토록 다정할 수 있다는 데에 놀랐다. 아마 언젠가의 Y를 지탱해준 아빠와의 기억은 지금의 Y를 더 다치게 했을 것이었다. 집회에서 위로받고 고양된 마음으로 귀가하다가도 홀로 남게 되는 순간 Y의 어딘가는 불현 듯 감자처럼 상할 것이었다. 양파 같은 아빠가 다름 아 닌 Y의 가슴속에 있을 테니까. Y는 모르겠지만, 아빠와 의 '함께'를 함부로 버릴 수 없을 그 애를 위해 그날 나 는 속으로 맹세했다. 다 죽어야 끝난다는 거 같은 소리, 다시는 하지 말자.

나는 감자처럼 앉아 택시 기사의 뒤통수를 힐끗 바라보았다. 저 사람은 자기가…… 양파라는 걸 알까? 보통 나를 상하게 하는 사람은 자신이 그랬다는 것조차 몰랐다. 심지어 그건 Y나 나 같은 여자들을 민주적으로 신선한 존재인 양 갑작스레 치켜세우는 이들 역시 마찬 가지였다. 자기 마음에 드는 것만 확대해서 보는 사람 은 자기 마음에 안 드는 부분 역시도 확대해서 본다. 나 는 여자들의 여유 없음을 이제 와 유난하게 칭찬하는 사람들이 수상쩍다. 내가 아는 여자들은 집회에 나오지 않을 여유 같은 게 없어서 거리로 쏟아졌다. 상하다 못 해 가만있다간 문드러질 것 같아 거리로 쏟아졌다. 나 중에 실망했다느니 딴소리 마라. 그 여자들은 신선한 시민들이 아니라 차라리 감자야. 싹이 난 감자. 계속 그 자리에서 시름시름 상해온 감자라고……. 근데 너 혹시, 양파 아니냐…….

이걸 쓰면서도 나는 이 비유가 맞는지, 진짜로 감자랑 양파를 같이 두면 상하는 건지 농촌진흥청을 통해 한 번 더 확인하고 있다. 비유를 통해 내가 정말로 말하려는 게 무엇인지와는 상관없이 나를 괴롭히고 싶어 하는 사람은 늘 있고, 사실관계가 다르면 나를 괴롭히려는 그 사람을 돕게 된다. 재수 없으면 꼭 여자들은 논리적이지 못하다는 뉘앙스의 개소리까지 듣게 될지도 모른다. 비유라는 게 A와 B가 완전히 같음을 전제한 게 아님에도, A와 B가 완전히 같지는 않으니 네 말은 엄밀하지 않다고 우길지도 모르지. 나는 맥락맹들의 꼬투리가 짜증 나길 넘어 익숙해진 나머지, 나보다 더 잘 아는 누군가를 상정하고 내 말을 체크하는 버릇을 들였다. 틀리면 납작만두처럼 바짝 엎드려 사과하겠다 다짐하는 버릇도.

그런 버릇 또한 많은 여자를 시위에 나가게끔 했을 것이다. 나 하나만으로는 충분하지 않다고 질타당해온 나머지 그만 삶에 타인이 있어야만 한다고 느끼는 버릇. 스스로를 의심한 나머지 말이나 태도나 출처 같은 걸 계속 체크하면서 자신보다 더 커다랗고 중요한 무언가가 있다고 믿는 버릇. 그게 좋은 건지 나쁜 건지 여전히 헷갈린다. 그러나 때로는 원하지 않음에도 얻은 것이 유용할 때가 있다. 어쩌면 그 버릇이, 공적인 것을 가능하게 한 게 아닐까? 모두 그 버릇을 조금씩은 가지고 있어야 하는 게 아닐까? 그 버릇이 어느 한쪽에 티 나게 쏠려 있다는 것이야말로 지금 모두가 봉착한 가장 커다란 문제가 아닐까? 정말이지 어떤 사람들은 자신이 무슨 말을 하고 있는지 좀처럼 제대로 확인하려 하지 않는다.

영원 같았던 멀미와 숨 막히는 침묵을 지나 차창 밖 익숙한 동네가 보이자 비로소 나는 안도했다. 여하튼 기사는 정말 별말 없이 나를 제대로 데려다줌으로써 자신의 말을 지켰다. 이쪽과 저쪽이 한데 모여 시끄럽던 게 무색하게 다시 고요해진 나의 동네로. 택시비가 결제되는 소리가 들렸다. 나는 공손히 들리길 바라며 감사합니다, 안녕히 가세요, 하고는 택시 문을 닫았다.

집에 도착한 나는 급하게 가스활명수를 꺼내 마셨고, 그러고도 묵직한 체기가 내려가지 않아 거실 창을 열고 찬바람을 맞았다. 내려다본 거리에서 택시는 이미 사라지고 없었다. 그는 어디로 갔을까? 다른 손님에게도 똑같은 질문을 할까?

　　나로선 영영 알 수 없겠지. 그러나 확실한 건 그와 나 사이에서조차 일종의 '액자의 틀'이 있었다는 것이다. 나는 기사가 나를 데려다줄 거라고 믿었고, 기사는 내가 합당한 비용을 지불할 거라고 믿었다. 우리는 서로가 옳다고 전혀 생각하지 않았지만 어느 순간부터 침묵을 지켰다. 물론 나는 그가 내게 말을 걸지 않기를 바랐지만, 중요한 건 서로 다른 의견을 가진 사람과 말을 나누지 않는 일이 아니다. 내가 말하고 싶은 건 기사와 나 사이 만남과 숨 막히는 침묵조차 죄다 상호합의에 기반했다는 것이다. 택시 기사는 승객을 데려다주고 승객은 돈을 내는 거라는 암묵적 신뢰. 감자와 양파도 어떨 때는 한데 있을 수 있다는 공통의 인식과, 그렇다고 서로 욕설과 우격다짐과 협박을 해선 안 된다는 사회적 합의, 적어도 여기에 있어서 갖는 군말 없는 믿음…….

기사님. 우리를 둘러싼 대부분은 그런 최소치의 합의와 믿음하에서 굴러갈 것입니다. 기사님의 택시 바퀴처럼요. 가짜뉴스를 뇌까리며 아무렇지도 않게 하는 혐오 따위는 우리를 간신히 함께이게 해준 합의 바깥의 일들이라고요. 나는 빈 거리를 향해 중얼거리며 짧은 트림을 했다.

임지은

에세이스트. 1990년 서울에서 태어났다. 한결같이
사람에게 관심이 많다. 사람이라는 단어가 구겨지면
'삶'이라는 단어가 생겨난다고 여긴다. 에세이 《이유
없이 싫어하는 것들에 대하여》, 《헤아림의 조각들》,
《연중무휴의 사랑》가 있으며 공저로 《우리 둘이었던
데는 나름의 이유가 있겠지요?》, 《언니에게 보내는
행운의 편지》가 있다.

이하나

이토록 뜨거운 겨울, 광장의 끝에서 붙잡는 마음

어떤 마음들이 있었디
안온하고 평화로운
일상을 원하던 마음들
그 마음에 더러운 욕망
끼었고 추잡한 음모를
쑤셔 넣은 어떤 입들이
있다. 여전히 그 입들은
핏대를 세우며 광장에
차려놓은 흉측한 제단
올라 혐오하고 또
미워하라고 악을 쓰고
있다. 우리는 저 악을
향해 무엇을 해야 하는

어떤 마음들이 있었다. 안온하고 평화로운 일상을 원하던 마음들이. 그 마음에 더러운 욕망을 끼얹고 추잡한 음모를 쑤셔 넣은 어떤 입들이 있다. 여전히 그 입들은 핏대를 세우며 광장에 차려놓은 흉측한 제단에 올라 혐오하고 또 미워하라고 악을 쓰고 있다. 우리는 저 악을 향해 무엇을 해야 하는가.

12월 3일, 외부 일정이 있어 저녁을 먹고 사무실로 복귀한 게 9시경이다. 10시 22분, 연합뉴스 앱에 속보가 떴다. "윤대통령, 용산 대통령실서 심야 긴급 담화" 집권 이후 단 한 번도 납득할 만한 행동을 하지 않은 대통령에 대한 불신이 깊은 탓에 쓸데없는 발표를 하겠거니 넘겼다. 긴급 담화가 시작되자마자 카카오톡의 채팅창 몇 개가 우수수 열렸다.

"이게 무슨 말입니까?" "비상계엄이라뇨?"

이게 무슨 일이냐. 계엄이 말이 되냐, 대통령이 또 이상한 짓을 한다, 등등. 이해할 수 없으며 있어서는 안 되는 일이라는 반응들이었다. 암호화폐가 급락한다는 메시지도 전해졌다. 코인거래 사이트를 열었더니 정신 없이 추락하고 있었다. 그 순간에도 누군가는 떨어지는 코인을 움켜쥐었겠다. 단체 채팅창에 "국회를 열어야 한다"는 글들이 올라왔다.

몇 주 전 수능 시험을 갓 마친 아이에게서 전화가 왔다.

"엄마, 나 군대 끌려감?"

나는 그럴 일 없을 거라고, 국회를 열 거고 국회에서 해결할 거라고, 지금 대통령의 계엄 선포는 위헌 위법한 일이 분명하니 걱정하지 말라고 했다. 내일 아침이면 다 해결되어 있을 거라고 말했다. 다음 날 예정되어 있던 행사 준비팀의 채팅창에도 불안한 글들이 올라왔고, 집에 먼저 가 있던 가족도 집에 잘 올 수 있느냐고 물어왔다. 나는 내가 가진 모든 모니터에 유튜브와 메신저 창을 띄워놓고 상황을 파악했다.

사무실에서 일어나 1층으로 나가봤다. 배달 오토

바이가 지나갔고, 택시도 지나갔다. 1층 무인 카페의 크리스마스캐럴도 여전했다.

　　의원들이 재빠르게 달려가고, 국회의장이 담을 넘었다. 아스팔트 바닥에서 백골단의 토끼몰이에도 잽싸게 도망치고 빠졌던 민주화의 선배들이 관록을 발휘했다. 다리가 성치 않아 달려가지 못하는 나 대신에 그들이 다시 일순간이라도 회춘해주길 바랐다. 불과 144분짜리 계엄이었다. 국회의장이 계엄 해제를 선언하는 것을 듣고 컴퓨터를 껐다. 카카오택시를 불렀다. 그 어떤 통신도 막히지 않았다. 택시 기사와 나는 아무 말도 하지 않고 10여 분을 달렸다.

　　"길에서 함부로 대통령 욕을 하면 안 된다." "군인들이 잡아가서 여자애들에게 특히 몹쓸 짓을 한다." "대학에 가서도 절대 데모를 하면 안 된다. 집안이 풍비박산 난다." 어릴 때 무수히 듣던 말이다. 나의 양육자들은 유년기 이후 쭉 서울에서 지낸 사람들이다. 한국전쟁 이후 두 사람 모두 서울 한복판에서 살았다. 이승만 정권부터 반복되었던 긴급조치, 비상계엄, 학생들의

147

시위와 최루탄을 모두 기억했다. 1984년쯤 가족이 함께 낡은 차를 타고 서울 시내에 나갔다가 최루탄 가스를 맡아본 기억이 있다. 엄마가 차 문을 닫으라 했고 손수건으로 입을 틀어막으라고 소리를 질렀다. 계엄은 무시무시한 것이었다. 나의 부모들은 정부에 반발하면 쥐도 새도 모르게 끌려가 죽는다고 알려주었다. 대통령에 대해 허튼 말을 하면, 어딘가로 끌려가 다리 하나가 부러져 돌아오게 된다고 나에게 늘 주의를 주었다.

40여 년이 지나 대통령이 비상계엄을 선포한 그 주말에 나는 아이에게 "엄마가 탄핵을 하고 오겠다" 말하며 호기롭게 길을 나섰다. 쥐도 새도 모르게 끌려가는 세상으로 다시 돌아갈 순 없었다. 17년 차 관절염 환자로서 지하철을 타고 환승을 여러 번 하면 분명히 지칠 거라 최대한 편하게 여의도로 가기로 했다. 여의도까지 가는 버스를 찾아 탔다. 여의도에 가까워지자 버스는 승객들로 꽉 찼다. 버스 기사는 원래의 노선대로 갈 수 없으니 전경련 회관 근처에서 내려주겠다고 했다. 걸어서 여의도공원을 횡단하다가 지역 선배들을 마주쳤다. 선배들은 사람이 너무 많아 여의도공원에 머물 겠다고 했다.

"저는 더 가볼게요." 단단하게 무릎 보호대를 하고 온 덕에 여의도공원을 지나 국회대로 앞까지 갈 수 있었다. 중간에 두어 번 쉬었다. 가져온 책을 바닥에 깔고 앉았는데 옆자리에 앉은 젊은 여성이 나에게 쿠키를 나눠 주었다. 내 앞에 앉았던 여성도 나에게 먹을 것을 주었다. 나는 핫팩을 꺼내 무릎에 대고 탄핵 가결을 기다렸다. 주변을 둘러보니 온통 젊은 여성들이었다. "탄핵하라"는 목소리의 톤이 높았다. 2017년과는 완전히 달랐다. 젊은 여성들은 화려한 응원봉을 들고 있었다. 나는 집회에 나오려고 LED초를 열 개나 사서 만나는 사람에게 나눠 주려고 네 개를 들고 나왔는데 내 촛불이 응원봉에 비해 너무 초라해 보였다. 슬그머니 촛불을 내려놓았다.

잘 모르는 케이팝을 허밍으로 따라 부르고 몸을 좌우로 흔들며 리듬을 맞춰보았다. 나도 소녀시대 노래 정도는 알고 있으니까 쫄지 않았다. 살면서 탄핵을 두 번이나 겪다니 이게 뭐 하는 짓인가. 비상계엄 선포 전까지, 몇 명의 시민사회 인사들과 "젊은 장작만 광장에 가득 차 탄핵은 어려울 것 같다"고 한탄한 게 불과 한 달 전이다.

그날은 탄핵동의안 가결에 실패했고 나는 공유자 전거를 타고 천천히 마포대교를 건넜다. 마포대교를 건 너자마자 잠시 쉬었고 공덕역에 도착해서도 잠시 쉬었 다. 집으로 가는 지하철에서는 노약자석에 앉아버렸다. 그다음 주에도 같은 코스로 여의도에 갔다. 이번엔 내 가 가진 가장 두꺼운 패딩을 입고 무릎 보호대에 핫팩 을 끼우고 서울교 앞에서 내렸다. 지난주보다 사람이 더 많아서 아예 여의도공원에 들어갈 수가 없었다. 나 는 전경련 회관 앞에 대충 앉아 있었다. 통신사 차량이 와 있었지만 바로 그 옆에서도 통신은 되지 않았다. 국 회 부근에서 와! 하는 함성이 들려왔다. 전경련 회관 앞 에 앉았던 사람들이 일어나서 춤을 추기 시작했다. 나 도 손뼉을 치며 웃었다. 탄핵이 가결되고 나는 임무를 완수했다는 생각으로 귀가했다. 관절염 환자에게 여의 도는 좋지 않았다. 공유 자전거를 타고 사람이 없는 곳 으로 빙빙 돌아 여의교 앞에서 자전거를 반납하고 걸어서 다리를 건넜다. 대방역에도 사람이 너무 많아 전철을 포기하고 역 반대쪽으로 나와 다시 공유 자전거를 타고 버스를 탈 만한 곳까지 달렸다. 주중에는 집회에서 들었던 케이팝을 모아 플레이리스트를 만들어 열심히 들었다.

12월 21일, 토요 집회를 마친 사람들이 남태령에 가로막힌 전국농민회총연맹과 연대하기 위해 합류한다는 소식을 들었다. 이번에도 유튜브를 켜놓고 야간 업무를 했다. 소리를 들을 수 있어서 남태령 자유발언대에 오른 사람들의 목소리를 들었다.

"안녕하십니까, 저는 어디에서 온 우울증을 앓고 있는, 시스젠더 여성, 페미니스트입니다. 투쟁으로 인사드리겠습니다. 투쟁!" 시퍼렇게 얼어붙을 만한 골짜기 남태령에 음식이 배달되고, 은박담요가 전달되고 있다는 SNS를 읽었다. 남태령이라면 내가 앉은 사무실에서 한 시간쯤 자전거를 타고 달리면 닿을 수 있겠지만, 무사히 돌아올 자신이 없어 앉아만 있었다.

겨울 집회는 약한 몸에게는 치명적일 수 있다. 선배 한 명은 여의도 집회에 다녀온 지인이 당일에 귀가

후 사망했다는 소식을 전했다. "하나 씨도 이제 젊지 않으니 매주 나가는 건 삼가요. 항상 모자 쓰고." 그러나 지역의 선배들은 깃발을 만들고 당근마켓에서 응원봉을 구하고 매주 함께 지하철을 타고 집회 현장으로 나간다.

한남동에서 하얗게 눈을 뒤집어쓴 모습을 다음 날 아침에 보고 억장이 무너졌다. 그날 마감해야 할 일을 집중해서 모두 마치고 서류를 보낸 다음, 한강진역으로 가는 지하철을 탔다. 환승역의 도보 구간이 유난히 길었다. 지도를 보고 어떻게 가야 가장 빠르게 집회 현장에 닿을 수 있을지 궁리했다. 한강진역 2번 출구로 나와 블루스퀘어 뒷길로 돌아 한남대로로 내려가기로 했다. 계단이 많아서 천천히 걸음을 옮겼다. 블루스퀘어 아래로 내려가니 전광훈 쪽 집회의 소리가 컸다. 괴성에 가까운 둔탁한 소리들. 미워하고 혐오하는 소리는 험악했다. 한남대로에서 만나는 첫 번째 육교에 올라 길을 건너면 바로 집회 장소에 닿을 수 있을 것 같아 육교를 힘겹게 넘어갔다. 육교의 엘리베이터도 그렇고 한강진역의 엘리베이터는 모두 사용 중지였다. 육교 아래서 길을 지나가려 했는데 바리케이트가 있었고, 전광훈 측 집회 참가자들이 나를 가로막았다. 그들은 나에게 어디로 가느냐고 물었다. 여러 명이 달려들어 나를 거칠게 잡아 세우고는 "여기로 지나가면 충돌이 있으니 탄핵 찬성 쪽은 육교를 건너서 돌아가라"고 했다. 아니, 얼굴에 써 있나? 나는 왜 길을 막느냐고 항의했다. 젊은 남자가 나를 잡아끌면서 비교적 점잖게 말했다. "부딪히면 싸움 나서 그래요. 안전하게 가시라고요." 소란이 일자 어느새 쫓아온 내 또래의 여자가 나를 보고 소리를 질러댔다. "이재명 개새끼 해봐! 이재명 개새끼 하면 보내줄게!" 광기 어린 눈동자를 보니 웃음이 나왔다. 피식피식 웃음이 터지는 걸 참고 경찰을 불렀다. 경찰은 안전 문제로 차단했으니, 육교로 돌아가라고 지치고 짜증 나는 표정을 전혀 숨기지 않고 말했다. 경찰의 말을 듣고 휙 돌아서 다시 육교를 돌아 집회 장소에 합류했다. 안내를 받아 길을 건너 도착한 집회 장소의 아스팔트 바닥엔 이미 스티로폼이 깔려 있었다. 빈자리에 앉았더니 바닥이 따뜻했다. 가방에 싸 온 초코바를 옆 사람과 나눴다. 노란 조끼를 입은 봉사자들이 핫팩을 나눠 줬다. 있다고 했는데도 무릎에 올려놓고 갔다. 봉사자들이 또 한 바퀴 돌며 초코바를 돌렸다. 김밥을 먹으라고도 했다. 은박담요도 받았다. 내가 가져간 은박담요와 핫팩은 꺼내지도 못했다. 오병이어의 기적이 일어나고 있었다.

무대에서 젊은이들이 발언을 이어나갔다. "어디에서 온 비정규직 노동자, 논바이너리 페미니스트입니다. 투쟁으로 인사드립니다. 투쟁!" 젊고 맑은 목소리가 카랑카랑했다. 나는 자꾸 흐르는 눈물을 닦아내며 팔을 흔들었다. 바로 이곳이 유토피아 아닌가. 젠더 정체성으로 자기를 소개하고, 자신의 소수자성을 드러내는 이 많은 페미니스트, '투쟁'이라는 구호가 입에 붙은 젊은이들이라니. 1990년대 이후 오랫동안 정체되어온 청년운동이 다시 일어나는가, 흥분했다.

집행부는 그날 무박 3일간의 집회를 마무리했다. 나는 본부석에 들러 무박 3일간 현장을 지켰을 지인에게 미안하고 고맙다고 인사했다. 비상행동 집행부는 집회를 마무리하고 회의를 시작하고 있었다. 전광훈 측과 마주치지 않기 위해서 집회 장소를 에둘러 돌아가는 길에 진보당 지역위원장을 만났다. 그를 꼭 안고 고생 많았다고 덕담을 나눌 뿐이었다.

한강진역으로 다시 돌아가는 길에 환한 얼굴의 전광훈 측 집회 참가자들을 많이 봤다. 그들도 진심으로 나라를 지키겠다는 마음 같았다. 승강장에서 내 옆에 앉은 나이 든 여성은 친한 언니에게 전화해서 내일 아침 5시까지 전광훈 목사가 모이라 했다며 안 나올 거냐고 재촉하고 있었다. 한 무리의 젊은 남녀가 성조기와 태극기를 들고 지하철을 탔고 나는 그들과 마주 보고 앉았다. 탄핵 반대 집회는 점점 세를 불려나갔다. 거리에는 중국공산당이 부정선거에 개입했다는 현수막이 붙었다.

수년 전 어버이연합 집회를 나가는 노인을 인터뷰한 적이 있다. 그때 노인은 "애국하러 가끔 나간다"고 말했다. 전쟁을 겪은 세대에게, 또는 전쟁의 후유증을 앓고 있던 사람들에게 대한민국이 공산국가가 된다는 말처럼 무서운 것은 없다. 체제와 이데올로기에 대해 정확히 설명할 수 없어도 그들은 '공산국가가 된다'

는 것은 곧 전쟁에 돌입한다는 의미로 받아들였다. 광장에 나가 태극기를 흔들고 만세를 부르는 것으로 전쟁을 막을 수 있다면 백 번 천 번이라도 나갈 만한 일이었다. 나는 그들이 평생 웅크려야 했던 두려운 마음을 더럽힌 입을 저주했다.

당근마켓에서 3만 5,000원을 주고 산 BTS 응원봉을 들고 광화문으로 나갔다. 이번에는 여의도나 한남동보다 익숙한 장소라 경복궁역에서 내려 대열에 합류했고 지인들을 만났다. 두껍게 입고 나가 땀을 줄줄 흘리면서 깃발 대오를 따라 명동까지 행진했다. 지인들은 내 걸음을 염려하며 속도를 조절했다. 명동까지 걷는 길이 힘겹지 않았던 건 힘차게 구호를 외치며 선도하는 젊은 여성들의 목소리 덕분이었다. 경쾌하고 밝은 목소리에 집회는 축제가 되었다. 춤추는 깃발을 보면 신이 났다. 연대만으로도 망하지 않았다고, 새로운 시대가 열릴 거라는 희망에 가득 찼다. 쉬지 않고 구호를 외치는 청년들을 보며 '아이고 좀만 쉬었다 하지' 싶어 웃음이 나면서도 고맙고 뿌듯했다. 광장으로 나가며 결심

했던 것은 청년들을 기특하게 여기지 않을 것, 동시대의 시민으로 생각할 것, 독립한 성인으로 그들을 존중할 것이었다. 그러나 내 삶의 가치를 지키고 싶은 나는 자꾸만 지난 10년간 교실에서 만났던 학생들을 떠올리고 있었다. 그들이 자라 이 광장에 함께 섰을지도 모른다고 생각했다. 그렇게 여기면 내가 민주시민교육을 연구하고 보급해온 시간이 헛되지 않은 게 되고 내 삶의 가치도 높아진다.

성평등 교육을 하러 간 여성단체 간사에게 "여성단체에서 결론 다 내놓고 왔으면서 무슨 토론을 하자는 거냐"고 따지던 남학생, 남녀 대립이 심하니 성평등 이야기는 자제해달라던 여교사, '롤리콘'이라는 단어를 쓴 남학생을 빙 둘러싸고 강하게 항의하던 여학생들, '놈현놈현' 하며 깔깔대던 중학생이 떠올랐다. 반면에 진실을 전하는 기자가 되고 싶다며 미디어 리터러시에 관해 늦게까지 남아 질문을 하던 고등학생이 있었고, 시민의 교통권을 주장하는 정책 제안을 만든 학생들도 있었다. 이주민과 장애인권에 대해서는 별다른 논란이 없었으나 젠더 문제에서만 박살이 나던 교실이 생각났다. 학교에서 교사와 학생 모두 가장 많이 열망한 것은 '공정'이었다. 그 공정을 바라는 마음엔 지저분한 오물이 끼어들었다. 타인을 향한 공정이 자신을 위한 공정을 훼손한다는 논리였다. 이 마음들은 어디서부터 어그러졌을까, 천천히 따져보고 싶었다.

광장에 선다는 것은 내가 여태 공들여온 내 삶의 가치를 붙잡기 위해서다. 허무맹랑한 이야기로 순식간에 내 삶을 침범해 들어오는 너저분한 권력을 거부하기 위해서다. 내가 바란 것은 내 삶을 내 맘대로 유지하고, 내 삶에 대한 지배권을 지키는 거다. 한남동에서 마주친 태극기를 든 사람들도, 시청 앞에서 태극기를 흔드는 그들도, 나름대로 자기 삶의 가치를 지키려고 나왔을 것이다.

비상계엄 직후 의뢰를 받아 집회와 집회 사이 1980년대 청년운동을 주도했던 선배들의 영상기록을 편집했다. 작업 기간 동안 집회에 참여한 그들의 영상이 한둘 도착했다. 청년들의 깃발 사이에 자리 잡은 투박한 두꺼비 판화의 민주화운동청년연합 깃발이 휘날리고, 머리가 허옇게 센 1983년도의 청년들이 반짝이는 응원봉을 들고 덩실덩실 춤을 추고 있었다. 나는 그의 모습과 한남동에서 눈을 뒤집어쓴 청년들의 모습을 겹치게 하고 불투명도를 조절했다. 화면이 교차되며 연결되도록 조정했다. 작업 내용을 전담하던 구성원 한 명이 채팅창에 사진을 보냈다. "며칠 전 선배님이 집회 나갔다가 옆에 앉은 젊은이에게 받았다고 합니다. 뭉클하네요." 사진에는 미니 초코바와 새콤달콤과 같은 노년층을 전혀 생각하지 못한 간식이 들어 있었고 그 봉투 옆에는 '민주주의 선배님 감사합니다. 덕분에 지금 여기에 있습니다'라는 문구가 적힌 종이가 놓여 있었다. 1980년대의 집회 장면이 담긴 카드 아래에는 '잊지 않겠습니다. 지금의 우리가, 그때의 청춘들을'이라는 문구가 적혀 있었다. 목울대가 싸해졌다.

윤석열 정권의 탄생에는 1980년대 민주화 세대에 대한 실망과 혐오가 뒤섞여 있었다. 민주화운동을 주도한 사람들은 깨알같이 평가받았고 민주화를 가로막은 사람들은 면죄받았다. 과거는 그저 흘러가는 것이 아니라 날카로운 칼날을 드러내고 철판을 긁듯이 시간을 할

쥐며 거칠게 움직였다. 우리는 어디서 이 마음을 잃었을까.

다시 지역으로 돌아와 소수의 선후배가 모여 피켓을 들고 윤석열 탄핵과 파면을 촉구하는 거리 선전전을 펼친다. 나를 비롯한 여성이 마이크를 잡을 때마다 남성들이 달려들어 소리를 지르며 삿대질한다. 눈 하나 깜짝 않고 그들의 흔들리는 동공을 바라보며 "이것은 헌법과 반헌법의 투쟁이지, 거대 양당의 정치 싸움이 아닙니다"라고 외쳤다. 내 앞에서 악다구니를 쓰다 사라지는 남자의 뒷모습을 보며 외롭고 처연할 그의 마음을 헤아려봤다.

광장의 한 무리는 중국인을 혐오하고 다른 무리는 일본인과 트랜스젠더를 미워한다. 만나보지 못한 낯선 모든 자들을 미워하고 미워하고, 또 미워하는 겨울의 한복판이다.

지역 소수정당과 시민단체에 젊은이들이 가입했다. 실무자들은 어렵게 진입한 청년들이 떠나가지 않게 하려면 어찌해야 하느냐고 묻는다. 우리는 왜 낯선 이들에 대해 이렇게 속수무책일까. 언제부터 그렇게 되었

나. 우리는 어디서부터 환대하는 마음을 버렸는가.

한남동에서 느꼈던 유토피아는 다시 돌아올 수 있을까. 시간이 지나며 쏟아지는 정보에 지쳐간다. 헌법을 파괴한 자들의 괴성에 귀가 따갑다. 우리가 지켜온 민주주의는 그렇게 쉽게 무너지지 않는다고 확신했던 마음이 조금씩 흔들린다.

어느 회의 끝에 누군가 "독재와 싸우는 게 아니라 광인들과 싸우는 기분"이라고 말했던 걸 떠올린다. 그들은 정말 광인일까. 아니라고 믿고 싶다.

어떤 마음들이 있었다. 안온하고 평화로운 일상을 원하던 마음들이. 그 마음에 더러운 욕망을 끼얹고 추잡한 음모를 쑤셔 넣은 어떤 입들이 있다. 여전히 그 입들은 핏대를 세우며 광장에 차려놓은 흉측한 제단에 올라 혐오하고 또 미워하라고 악을 쓰고 있다. 우리는 저 악을 향해 무엇을 해야 하는가.

환대할 용기, 사랑할 마음, 기다려줄 시간, 광장의 끝에서 간절히 앙망하는 마음, 이 마음을 끝자리에 내려놓는다. 우리가 지켜온 민주주의는 절대 그렇게 쉽게 무너지지 않는다. 간절하게, 내 삶을 지키려는 나의 마음을 포갠다. 이제야 자신의 소수자성을 발견했다던 청년의 마음 위에, 총알받이가 되고 싶지 않은 스무 살의 마음 위에, 고문을 당하면서 하나도 잊지 않고 기록하겠다고 맹렬하게 몸부림치던 그 마음에, 무박 3일 집회 현장을 지키던 그 마음에, 얼굴이 터져나갈 거 같은 추위에도 남태령을 지킨 그 마음 위에, 단단하게 묶어본다. 기다리고 또 기다리는 연대의 마음을.

이하나

문화공동체 히응 대표, 집필 노동자. 2012년 마을활동가로 시작해 사회적기업을 거쳐 2014년부터 10년간 지역교육네트워크 이룸에서 활동하며 지역 내 공교육에 민주시민교육을 전파했다. 2018년 문화공동체 히응을 설립하고 사람과 마을을 믿는 교육문화예술활동을 기획하고 운영하며 밥을 벌고 있다. 초등학생부터 노인까지 전 연령대에 걸쳐 민주시민교육과 글쓰기 교육을 진행하며 다수의 공저와《포기하지 않아, 지구》,《시민이 만드는 공공병원-성남시의료원 설립 운동사 2003-2021》,《학교와 마을이 정말 만날 수 있을까》,《정의로운 시민이 되고 싶어》를 썼다.

이슬기

계엄의
밤으로부터
망치를
들기까지

존중의 외피를
쓰고 '나중에'를
외쳤던 기존
정치권을
넘어서는 구조
재구축, 구성적
정치를 우리는
감행해야 한다.

계엄의 밤을 기억한다. 대통령이 짐짓 진지한 얼굴로 카메라 앞에 서서 '계엄'을 말하고, 무장한 군인들이 시시각각 국회로 들이닥치는 모습을 보며 현실 감각이 마비됐던 밤. 동료 기자들이 취재를 위해 여의도로, 회사를 지키러 각자의 언론사로 향하고 있다는 소식이 들렸다. 나는 집에서 파자마 차림으로 고양이나 껴안고 있었다. 만 2년째 소속 없이 프리랜서 기자로 사는 나는 작고 아담한 나만의 뉴스룸을 지켜야 했다. 계엄사령부가 발표했다는 포고령 제1호, 그 가운데서도 3항 "모든 언론과 출판은 계엄사의 통제를 받는다"를 거푸 읽고 있는데 엄마에게서 전화가 왔다.

　　"야, 너 이제 글 쓰는 거 다 잘리는 거 아녀?"

　　"시대가 어느 땐데 그럴 일이 있겄어."

　　"네가 계엄을 안 겪어봐서 그랴. 길 가던 사람도 막 잡아가는 게 계엄이여. 얘가 한가한 소릴 다 하네."

'1980년 계엄'을 겪은 세대인 엄마와 아빠가 정권 비판 기사를 자주 쓰던 딸의 밥벌이를 걱정할 때, 나는 부러 호기로운 척을 했다. 밤을 꼬박 지새고 난 다음 날 오전 4시 27분, 계엄 해제를 선언하는 대통령을 보고서도 한동안 놀란 가슴은 진정되지 않았다. 한 시간 이상을 뒤척이다 선잠이 들었다. 꿈에서 나는, 우리 집 복도식 아파트의 창문 앞으로 저벅저벅 걸어 다니는 군인을 봤다. 밤새 오마이TV에서 본 그 군인들 모습 그대로였다.

　　엄마의 걱정은 기우가 아니었다. 계엄사령부는 실제 계엄 다음 날 언론 통제와 검열 기능을 맡는 '보도처'라는 기구를 신설한다고 밝혔다. 대통령이 행정안전부 장관에게 몇몇 언론사의 단전·단수를 지시한 사실도 검찰 공소장을 통해 뒤늦게 밝혀졌다. 물론 궁벽하고 소박한 우리 집 뉴스룸엔 그럴 걱정 없이 전기가 흐르고 물이 나왔다. 그러나 나는 한동안 얼얼한 마음으로 살았다. 소설 《소년이 온다》 속 경찰에 일곱 대의 뺨을 맞은 출판사 직원 은숙처럼, 얼얼한 뺨을 감싸 쥐는 마음으로.

이토록 정치적인 여자들

계엄 이튿날 열린 윤석열 퇴진 촉구 집회는 내가 참가자로 나간 첫 집회다. 2013년 12월 기자가 된 이래, 나는 줄곧 취재를 위해 집회에 나갔다. 집회 주최 측 의견을 들으면 반대 측 주장도 꼭 담는 식으로, 형식적으로라도 '중립'으로 보이기 위한 '반반 보도'를 지향하며 살았다. 집회의 구호를 따라 외치는 일은 단연 없었고, 행렬의 한쪽에 비켜서서 참가자들과 경찰들의 움직임을 살피고 멘트를 따느라 늘 동분서주했다.

그러나 2024년 12월 4일, 서울 종로구 동화면세점 앞에서 열린 '내란죄 윤석열 퇴진! 시민촛불' 집회에서 나는 처음으로 행렬 한복판에 퍼질러 앉았다. 멘트를 '따는' 대신 주위에 앉은 이들과 자연스럽게 대화를 주고받고, 피켓을 들고 구호를 따라 외쳤다. 내란 우두머리가 아직 대통령 직위를 유지하고 있는 나라에서 '찬반 의견'을 반반씩 싣는 기사는 의미가 없다. '반반'이라는 이름의 기계적 중립을 고수하다 언론 스스로 '가짜 뉴스'의 메신저가 되거나 혐오 세력의 스피커가 될

가능성도 있다. 2021년부터 젠더 이슈를 취재하는 기자로 살며, 특히나 퇴사를 하고 난 2023년부터는 별도의 데스킹을 받지 않는 프리랜서 기자로 살면서, 나는 여성 당사자인 나의 관점을 그대로 담는 기사를 쓴다. 특히나 계엄의 밤 이후로는 더더욱 '이 시국'을 살아가는 나의 기분과 감정까지 기사에 오롯이 담겠다고, '관찰자'에만 머무르지 않는 '참가자'가 되겠노라 마음을 바꿨다.

주최 측 추산 1만 명이 참여했던 그날 집회에서, 정신을 차리고 보니 내가 앉은 곳은 강경대열사추모사업회의 깃발 아래였다. 1991년 노태우 정부 당시 학원 자율화와 정권 타도를 외치다 사복 경찰 부대인 백골단이 휘두른 쇠파이프에 맞아 숨진 강경대 열사. 23년 전 그의 희생이 무색하게 계엄이라는 이름의 위헌적 공권력 집행을 맞닥뜨린 시대가 다시 왔고 그의 깃발은 이곳에 와 있었다. 이후 스스로를 '백골단'이라 칭하는 극우 청년들이 다시 출몰해 대통령 체포 반대를 주장하기도 했다. 강경대를 추모하는 깃발이 20여 년 세월을 지나서도 쉴 수 없는 이유가, 여기에 있었다.

이후에 열린 일련의 집회들은 야구팬인 내겐 흡사 야구장 같았다. 야구장에 가면 응원가를 부르는 목소리의 다수가 여성이듯이, 프로야구 천만 관중 시대를 견인한 인구 집단이 'MZ 여성'이듯이 탄핵 찬성 집회에 가면 눈에 보이는 열에 여섯은 2030 여성으로 추정됐다. 그들이 아이돌 응원봉을 들고 '위플래시'와 '다시 만난 세계' 등을 '떼창'하는 장면은 케이팝 공연장이자 야구장 그 자체였다.

이들을 두고 성별 요소를 무화시켜 그저 'MZ'라는 이름으로 호명하거나, 갑자기 팝업된 '기특하고 대견한 소녀'쯤으로 치부하는 시선은 온당치 않다. 그러거나 말거나 광장에 선 여성들에게는 유구한 계보가 있기 때문이다. 2008년 '명박산성' 당시에도 '촛불 소녀'와 '유모차 부대'가 있었고, 2016년 박근혜 퇴진 집회 때도 '닭년', '미스박' 등의 여성 혐오 표현에 적극 항의하며 '페미존'을 만든 광장의 여성들이 있었다. 실제 경향신문이 서울시 생활 인구 데이터를 바탕으로 윤석열 대통령에 대한 국회의 첫 번째 탄핵소추안 표결이 이뤄졌던 12월 7일 여의도 집회 참여 인원을 연령별·성별로 따져 추정한 결과 이십대 여성 비율이 18.9퍼센트로 가장 높게 나타났다. 참가자 열 명 중 세 명이 2030 여성이었다.[1]

'광장에 선 여자'가 디폴트값이라고 한다면, 우리의 질문은 '왜 여자는 광장에 서는가'를 넘어서 '왜 여자는 정치적인가'라는 데까지 나아가야 한다. 이에 답하기 위해서는 여성 혐오 사회에서 사회적 소수자로서 심리적·물리적 내전 상태에 처해 있던 여성의 처지가 고려돼야 한다. 여성들은 젠더 기반 폭력과 성차별, 안티페미니스트들의 공격에 대항해 계속해서 그들의 부당함을 폭로하고 공동 행동을 기획·추진하는 일을 해왔다.

대통령 탄핵 국면의 앞에는 꼭 여자들의 행동이 있었다. 2016년 10월부터 시작된 박근혜 탄핵 집회에 앞서 그해 5월에는 강남역 여성 혐오 살인사건에 분노한 여성들의 추모 집회가, 7월에는 이화여대 미래라이프대학 설립 반대 농성 같은 대규모 결집이 있었다.

---

1 〈7일 여의도 탄핵 집회 28만 명 왔다… 가장 많이 나온 세대는 '20대 여성'〉, 《경향신문》, 2024년 12월 12일.

2024년에도 마찬가지다. 비상계엄 선언 이전부터도 '여성가족부 폐지'를 필두로 안티페미니즘 정치를 거듭해온 윤석열 정권의 행보에 많은 여성단체가 반대 성명을 냈다. 9월 딥페이크 성착취 규탄 집회, 11월 동덕여대 공학전환 반대농성처럼 여성들의 연대와 결집은 상시적이었다. 이 결집을 위해, 여자들은 늘 여성혐오의 증거들을 수집하고, 공론화 방안을 모색했다. 'X' 같은 소셜 미디어와 여초 커뮤니티 등에서 화력을 모으고 거리의 집회를 기획, 실행하고 참여했다. '정치력'이라는 것이 있다면 거기에 필수적으로 포함될 만한 기본 소양들, 기동력·기획력·전달력·실행력 등을 여성들은 전투적으로 연마한 셈이다.

응원봉으로 표상되는 2030 여성들의 팬덤 또한 정치적이다. 세상은 이들을 '빠순이'라는 이름의 '무지성·몰지각한 소비자'로 격하시켰지만 여성들은 매번 케이팝 콘텐츠의 생산자이자 감시자, 정치적 발화를 하는 주체로 활약해왔다. 소비자들을 향한 엔터테인먼트사의 횡포나 소속 아티스트들을 향한 노동력 착취, 아티스트의 범죄나 혐오 발언들에 대해 이들 팬덤은 계속

해서 책임을 촉구해왔다. 야구팬들도 마찬가지다. 구단과 선수의 자격에 대해 묻고 따지며 이들에게 격려차 커피차를 보내는 이도, 비민주적인 구단 운영에 반발해 시위 트럭을 보내는 이도 다름 아닌 이들이었다.

이렇듯 여자들이 정치적으로 진화하는 동안 '일베'도 진화했다. 지난 1월 19일 윤석열 대통령 구속영장 발부에 반발해 서울 서부지법을 부순 일군의 폭도들은 한국 극우 세력의 요람인 '일간베스트 저장소'의 후예들이다. 컴퓨터와 스마트폰 앞에서만 "차가운 열광"[2]을 보내리라던 일베는 2014년 9월 세월호 유가족을 희롱하는 '폭식 투쟁'을 기화로 거리에 나왔다. 그들이 온라인에서 밈으로 소비하던 여성 혐오 등은 결국 다 오프라인으로 비어져 나와 이후 파생된 남초 커뮤니티 등을 통해 '집게손'을 빌미로 여성 노동자들을 공격하고 '페미'라는 이유로 직장 내 괴롭힘을 자행했다. 서부지법 폭동에 이르러서는 자기네들이 성역처럼 여기던 '합법'을 뛰어넘어 법치주의의 보루인 법원을 부수고 경찰

2   김학준, 《보통 일베들의 시대》(오월의봄, 2022).

들을 폭행했다. 검찰총장 출신의 대통령이 "불법의 불법의 불법"이라 말하자, 바로 그 '법치'가 '불법'이라는 레토릭으로까지 나아가 '국민저항권'이라는 '비상한 명분'을 발동시킨 것이다.

'2030 여자는 응원봉, 남자는 극우'하는 식의 얘기는 지나치게 거친 도식화다. 그러나 탄핵 찬성 집회의 주축이 2030 여자라는 것, 서부지법 폭동 참가자의 절대 다수가 2030 남자이며 폭도의 다수를 배태한 집단이 2030 남자라는 사실은 짚어볼 필요가 있다. 일베의 행보를 단순 사갈시하며 '찻잔 속의 태풍'처럼 취급했던 일이 오늘날 '진짜 태풍'을 몰고 온 셈이기 때문이다.

최근 일베와 함께 서부지법 폭동을 모의한 정황이 드러난 '디시인사이드 국민의힘 갤러리'를 폐쇄하라는 민원에 이진숙의 방송통신위원회는 '표현의 자유'를 이유로 들어 거부했다. 몇몇 언론사는 생존과 직결되는 단전·단수의 위협에도 직면하는 나라에서, 극우 커뮤니티에 대해서만은 무척 후한 것, 그것도 표현의 자유가 이유로 언급된다는 것이 아이러니다.

약자 '들'은 강하다

2015년 11월, 고 백남기 농민이 집회에서 물대포를 맞았던 당시 나도 그의 근처에 있었다. 그때 나는 일간지의 사회부 기자로 서울 종각역 일대에서 제1차 민중총궐기를 취재하는 중이었다. 당시만 해도 '투쟁 조끼'의 착의 여부로 집회 참가자와 비참가자 및 나 같은 관찰자가 나뉘고 깃발에 따라 참가자의 소속 단체가 명징하게 구별됐다. 경찰들은 광화문을 중심으로 차벽을 겹겹이 쌓고, 캡사이신을 섞은 물대포를 참가자를 향해 포악스럽게 발사했다. 정말 비상한 각오가 있지 않고서는 집회에 참여하기 어렵겠다는 생각이, 집회 현장을 다수 취재한 나로서도 들었다. (이날 물대포를 맞고 쓰러진 백남기 농민은 317일간 사경을 헤맨 끝에 이듬해 사망했다.)

2024년의 집회에서는 거의 모든 사람이 기수다. 국회에서 탄핵소추안이 통과되던 12월 14일의 집회에서 나는 여의도역에서 국회의사당에 이르기까지 수없이 많은 깃발숲을 헤치고 걸었다. '멍멍아 실내배변 좀 해줘 연합', '빡친 고양이 집사 연맹', '투쟁 베짱이 협회', '전국 이불 속 귤 까먹기 연맹' 등등……. '빡친 고양이 집사'이기도 하고 '투쟁 베짱이'기도 하며 그 누구보다도 '이불 속 귤 까먹기'에 자신 있는 나는 그 어느 깃발 아래 있어도 별 이질감이 없었다. 그 자리에 있던 모두가 비슷했을 것이다.

계엄 이후 도합 일곱 번의 크고 작은 집회에 참가했다. 한겨울 아스팔트 위의 한기와, 정권과 여당에 대한 분기, 그럼에도 불구하고 우리가 여기에 모였다는 희열이 몸에 차곡차곡 쌓이는 시간이었다. 이렇듯 덕장의 황태 마냥 얼었다 녹았다를 반복하다 보니 몸살감기를 늘 달고 살았다. 그 바람에 '남태령 대첩'과 '한강진 키세스단'의 일원이 되지 못한 것은 크나큰 아쉬움으로 남았다. 그 가운데서도 혹한의 추위에 농민들과 트랙터를 지키겠다며 남태령에서 밤을 꼬박 지새운 사람들, 이후 설원의 키세스단으로 이어지는 흐름을 만든 이들의 마음이 궁금했다. X에 '남태령에 간 여성들을 인터뷰 하려 한다'는 글을 올리자마자 한두 시간만에 수십여 명이 DM을 보내왔다. 모두가 그날에 대해 말하고 싶어 한다는 것을, 하나라도 더 알리고 싶어 한다는 것

을 알 수 있었다. 그렇게 남태령을 지킨 열다섯 명의 여성과 퀴어를 인터뷰했다.[3]

그들이 남태령에 간 이유로 가장 먼저 꼽은 것은 '부채감'이었다. 비상계엄이 선포되던 날, 여의도에 가지 못한 데 대한 부끄러움과 미안함 때문에 발걸음이 절로 남태령으로 향했다는 것이었다. 같은 날 집회가 열렸음에도, 상대적으로 평화롭던 광화문과 경찰들의 차벽에 막혀 상경을 저지당하고 트랙터의 창문이 깨진 남태령 사이의 낙차가 '고 백남기 농민'을 상기하게 했다는 증언도 있었다. 2024년 12월 3일의 여의도에서 국회를 지킨 시민들이 없었다면 국회가 군인들에 의해 점령될 수 있었던 것처럼, '뭔 일 나겠다'라는 직감이 이들을 꿀벌을 지키는 말벌 아저씨처럼 지체 없이 달리게 했다. '양곡관리법'을 모르던 청년들과 응원봉을 모르던 농민들이지만 '윤석열 탄핵'에는 한마음 한뜻이었으며, 농민들의 트랙터가 한강진에 와야 한다는데는 이견이 없었다. 구조적 성차별과 성소수자 혐오를 겪는 여

---

3 〈이슬기의 뉴스 비틀기—'남태령 대첩' 참가자 15명이 그날 밤 겪은 '희한한 일'〉,《오마이뉴스》, 2024년 12월 27일.

성과 퀴어들은 소수자에 대한 공감이 이미 몸속 깊이 체화돼 있었다.

훗날 '오병이어의 기적'으로 불려진 배달 음식과 핫팩 나눔, 선결제 행렬 등과 함께 이날의 남태령은 이후 집회에서의 주요한 전통을 낳았다. 이날 줄을 서서 차례를 기다릴 만큼 성황리에 진행된 시민 발언은 자주 자신의 성정체성과 성적 지향을 밝히는 것으로 시작됐다. 청년들이 농민들 의제를 잘 모르고도 남태령에 온 것처럼, 남태령의 사람들은 "논바이너리에요", "트랜스젠더입니다" 하는 말들을 잘 몰라도 '끄덕끄덕'했다. 개별 의제를 얘기하면 "숟가락 얹지 말라" 하는 비아냥이 날아들던 2016년 박근혜 탄핵 집회나, 앞서 2024년 12월 7일 국회 앞 집회에서 심미섭 페미당당 활동가가 페미니스트와 퀴어를 호명하자 "끌어내려" 같은 야유가 쏟아지던 것과는 다른 형국이었다. 남태령은 퀴어 당사자들이 자신이 가진 가장 취약한 정체성을 생면부지의 사람들 앞에서 드러낼 수 있었던 한편으로, '아무래도 상관없다'는 환대를 받을 수 있었던 기이하게 안전한 공간이었다.

남태령의 뒤를 밟는 일은 내게도 특별한 경험이었다. 나는 카카오톡과 전화로 인터뷰를 진행한 터라 상대의 얼굴을 볼 수 없었다. 그러나 집회 참가자의 성별·연령별 특성은 분석에 꼭 필요한 자료이기에, 나는 꼬박꼬박 인터뷰이들의 성별과 출생 연도를 물었다. "젠더가 어떻게 되세요?"라는 물음에는 여러 답이 돌아왔다. "시스젠더(지정 성별과 성정체성이 일치하는 사람) 헤테로(이성애자) 여성입니다.", "지정 성별 여성인 젠더리스(성별 자체가 존재하지 않는다고 느끼는 젠더 정체성) 추구자입니다.", "여성이고요, 레즈비언입니다."

만약 남태령 현장에서 직접 인터뷰를 했다면, 나는 인터뷰이의 외양을 보고 성별 이분법에 근거해 내 눈에 '여성'으로 짐작되는 이들에게만 접근했을 것이다. "여성이신가요?"라는 식의 질문도 따로 하지 않았을 것이다. 그러나 비대면으로 인터뷰가 진행되자 나는 인터뷰이에게 따로 '젠더'를 물어야 했고 지금껏 내가 상대의 젠더를 철저히 외양에 따라 지레짐작한 고대로 기사에 반영했다는 사실을 알게 됐다.

남태령의 시민들이 자신의 성정체성과 성적 지향

을 밝히는 것으로 발언의 포문을 연 것처럼, 내 인터뷰도 그 같은 방식으로 진행됐다. 그날 이후 나도 취재원의 젠더를 알아야 하는 상황이면 실례를 무릅쓰고 직접 물어본다. 취재에 필요한 설문조사의 성별 박스를 만들 때 '여성'과 '남성'과 함께 '그 외'도 넣겠다는 다짐도 한다.

광장 너머의 정치

남태령 이후 노동·농민단체들로 후원이 쏟아지고, 남태령 집회 참가자가 전국장애인차별철폐연대 이동권 투쟁에도, 동덕여대 공학전환 반대집회로도 향한다. 집회에서 시민들 발언을 듣다 보면 '윤석열이 퇴진해야 하는 실로 다종다양한 이유가 있구나' 싶다. 또한 윤석열 퇴진만 가지고는 이 많은 일이 해결되거나 보장되지는 않겠다는 생각도 든다.

실제 광장에서 터져 나오는 여러 요구는 제도권 정치로 포섭되지 못하고 있다. 19년째 국회에서 발의와 폐기를 반복하고 있는 포괄적 차별금지법은 22대 국회

개원 9개월에 접어든 지금도 발의조차 되지 못했다. 동덕여대 공학전환 반대집회를 찾은 원내 정당은 진보당이 유일했다. 탄핵 반대 집회에 국민의힘 의원들이 가서 어떻게든 눈도장을 찍으려고 몸부림치는 것과는 큰 차이가 있다. 광장의 속도를 제도권 정치가 따라가지 못하는 한편으로, 소수자들 간의 연대에서도 갈등은 있다. 주목 경쟁에 이어 트랜스젠더와 이주민 같은 또 다른 약자에 대한 혐오도 횡행한다.

남태령, 한강진에서 연대의 불씨를 확인한 우리의 다음 행선지는 어디여야 할까. 나는 나이지리아계 미국인이자 조지타운대 철학과 부교수인 올루페미 O. 타이워가 쓴 책 《엘리트 포획》에서 힌트를 얻었다. 책은 정체성 정치 너머 '구성적 정치'를 대안으로 제시하는데, 이는 방 안에서의 주목 경쟁을 넘어 '방 밖으로'를 지향하는 정치다. 망치를 꺼내 기존의 방을 부수고 새 집을 짓는, 정치·사회 자체를 변혁하는 정치를 뜻한다. 타이워는 벌거벗은 임금을 두고 모두가 침묵하는 가운데 어린 아이만이 "아무것도 안 입었잖아요"라고 소리쳤다는 안데르센의 동화를 거듭 언급한다. 우리에게 절실한 것이 이처럼 기존의 위계, 체계에 균열을 가하는 아이의 목소리와 같은 '망치'다.

윤석열 퇴진이 다가 아니라는 데는 모두가 공감하고 있다. 지난 1월 탄핵 찬성 집회에 참여한 1030 청년들 약 1,000명을 대상으로 '윤석열퇴진을위해행동하는청년들'에서 실시한 설문조사에서 광장의 요구 1순위로 '사회대개혁을 위한 사회 문제 해결'(63.1퍼센트)이 꼽힌 것도 같은 맥락이다. 청년들은 '내란 수사 및 책임자 처벌'(20.3퍼센트), '윤석열 파면'(9.5퍼센트) 같은 계엄에 따른 정치 현안보다도 사회에 전면적인 개혁이 필요하다는 데 방점을 찍었다.

'엘리트'라는 말에 담긴 허울과 그들이 되뇌던 '법치'라는 레토릭에 담긴 허상이 폭로된 지금이야말로, 우리는 아이의 "아무것도 안 입었잖아요"에 비견될 만한 망치를 하나씩 쥔 셈이 아닐까. 그 망치로, 이 억압과 혐오를 영속하게 하는 방과 집을 깨부술 때다. '해일 오는 데 조개' 타령을 하거나, 존중의 외피를 쓰고 '나중에'를 외쳤던 기존 정치권을 넘어서는 구조 재구축, 구성적 정치를 우리는 감행해야 한다.

이슬기

글 쓰고 말하며 사는 기자, 칼럼니스트. 1988년 대구에서 태어나 창원에서 자랐다. 한양대 정치외교학과를 졸업했다. 《서울신문》에서 9년간 사회부, 문화부, 젠더연구소 기자로 일했다. 현재는 프리랜서 기자로 《오마이뉴스》, 《미디어오늘》, 《여성신문》에 칼럼을 연재 중이다. 여성의 눈으로 세상의 행간을 읽는 일에 관심이 많다. 공저로 《직업을 때려치운 여자들》이 있다.

전승민

다른
미래를
원한다면

이제부터 우리가 천착해야 할 것은 개인적인 '이름들'이 아니라 엄정한 자기비판의 실천이다. 그래서 기적은 특별하지 않다. 기적을 만들어 내는 것은 언제나, 한 명 한 명의 '우리'일 따름이다.

1. 어떤 문자

내 스마트폰에는 몇몇 국회의원의 번호로 문자를 보낸 이력이 남아 있다. 두 개의 사건 때문이다. (웃프게도 한국에서 개인정보는 상황과 사안에 따라 공공재로 유통되는 일이 비일비재하다.) 하나는 2017년에 더불어민주당이 대선 후보를 완전 국민경선으로 선출하겠다고 공표했던 일이다.[1] 다른 하나는 지난 12월 7일 국회에서 있었던 윤석열 대통령의 탄핵소추안 표결이다. 그날 나는 한국 역사상 유례없이 기이한 장면 하나를 또 목격하고 말았는데 여당 의원들이 줄지어 본회의장을 나가며 투

1 당시 대선 후보 선출을 두고 친문과 반문 사이에 갈등이 있었고 당은 후보를 완전 국민경선을 실시하여 선출하고자 했다. 꽤 유명한 일화로 그때 국민들이 보낸 문자의 주류적인 맥락도 쉽게 짐작되지만, 내가 보낸 문자는 거기에서 벗어나 있었다. 그러나 소수 의견일수록 대상에게 명확하게 전달될 필요가 있다고 생각하여 직접 문자를 보냈다.

표를 거부하는 모습이었다. (그들은 김건희 특검법 표결안에 대해서만 투표하고 퇴장했다.) 믿을 수 없었다. 표결이 행해지는 조직이나 공동체는 사안에 따라 한정될 수 있지만 민주주의의 근본 토대와 그 성립은 선거로 가능하다. 국민 주권을 직결 대리하는 국회의원들이 대통령직을 수행하는 자에 관한 처분을 정하는 표결을 보란 듯이 거부하며 검은 개미 떼처럼 본회의장을 빠져나가는 장면은 개표 결과와 별개로[2] 그 자체가 현재 한국의 민주주의가 심각하게 병들어 있다는 반증이었다.

이번 시국은 그간의 한국 정치에 적층되어온 암적인 요소들이 계엄 선포와 더불어 고름처럼 우후죽순 터져나오는 양상을 보여준다. 임계점을 넘고야 말았다. 언젠가는 이런 날이 올지도 모르겠다고 걱정했던 것도 사실이지만 그것이 계엄과 같은 국면으로 펼쳐질 줄은 상상하지 않았다. 1980년대의 민주화운동 이전으로 역

2 이날, 김건희 특검법과 윤석열 내란특검법은 모두 부결되었는데, 내란특검법의 경우 "재석 의원 300명 중 찬성 198명, 반대 101명, 기권 1명으로 부결됐다. 재의결 요건 200표에서 2표 모자랐다." 〈쌍특검법 모두 부결...내란특검 찬성 198, 김여사특검법 찬성 196〉, 《서울신문》, 2025년 1월 8일.

행하는 시곗바늘을 두 손이 으스러지는 한이 있더라도 붙여잡아야 한다. 역행하는 흐름을 다시 순류로 바꾸어 두어야 한다. 현재에 집중하되 그것을 더욱 입체적으로 살펴야 하며 과거와 미래를 모두 보아야 한다는 말이다. 그러므로 우리는 탄핵이라는 사안을 사유와 실천의 구심점으로 가져가면서도 과거와 미래를 타진하는 작업을 동시에 해내야 한다. 붙들어야 하는 지표는 세 가지다. 첫째, 무엇이 '계엄'의 임계점을 넘게 했는가? 둘째, 앞으로 우리는 어떠한 미래를 원하는가? 그리고 가장 중요하게, 그것의 도래를 위해 무엇을 해야 하고 무엇을 반복하지 않아야 하는가?

윤석열이 대통령 후보이던 시절이나 계엄으로 내란범이 된 지금이나 나는 여전히 같은 이유로 그를 지지할 수 없다. 가장 큰 이유는 두 가지다. 하나는 유권자를 여성과 남성으로 '갈라치기'(이 표현은 보기도 듣기도 쓰기도 정말 싫지만) 하는 전략으로 청년 세대의 표심을 미혹한 것, 또 하나는 내가 사랑해 마지않는 '자유'를 악의적으로 전유하여 그 말을 완벽한 부자유의 세계 속으로 내던져버린 것이다.[3] 헌재에 첫 출석한 그가 판사들에게 '잘 살펴주시기를' 부탁하며 자신을 '자유민주주의'를 추구하며 살아온 개인이라고 호소하는 장면에서 나의 저혈압이 일시적으로 치료되며 정상수치로 돌아옴을 느낄 수 있었는데……. 그가 말하는 '자유민주주의'는 내가 한국 사회에서 누리고 보장받기를 원하는 자유와 정반대의 것임이, 오히려 그것을 억압하고 위협하는 힘이라는 것임이 다시 한번 확실해졌다. 민주주의에서 주권을 대리해야 할 (여당) 의원들이 자발적으로 투표를 거부한 것과 국가의 통솔하는 자가 민주주의 자체를 파기하는 행위는 시민들의 실존을 위협한다. 그것은 민주주의와 시민성이라는 토대 자체를 무너뜨리는 일이다. 이것이 다름 아닌 민주주의의 내부에서 일어났다는 사실은 새로운 트라우마를 유발한다. 2016년의 국

3 윤석열은 2025년 1월 21일 헌법재판소에 첫 출석하여 다음과 같이 말했다. "저는 철 들고 난 이후로 지금까지 특히 공직 생활을 하면서 자유민주주의라는 신념 하나를 확고히 갖고 살아온 사람"이라며 "헌법재판소도 헌법 수호를 위해 존재하는 기관인 만큼 우리 재판관들께서 여러모로 잘 살펴주시기를 부탁 드린다"고 말했다. 〈尹 헌재 첫 발언 "저는 자유민주주의 신념 하나로 살아온 사람"〉,《세계일보》, 2025년 1월 21일.

정 농단이 능력과 인품 모두에 있어 단지 '잘못된 후보'를 선출한 결과로 (다소 극단적인 정리이지만) 해석될 수 있었다면, 2024년 12월의 계엄과 여당이 보여준 행태는 민주주의와 시민 사회의 근간이 제 몸을 망치는 자기 파괴적인 행위라는 점에서 다르다. 지금의 문제는 **내부**를 가리키고 있다. 우리가 두 눈 부릅뜨고 직시해야 할 뼈 아픈 지점은 바로 여기에서 촉발한다. 윤석열 정부를 두고 '내가 아는 민주주의는 이런 것이 아니'라거나 "민주주의여 만세"[4]라고 외칠 수는 없다. 우리가 투쟁하고 있는 바로 지금은, 우리가 실천해온 일반 의지의 현재적 결과이기 때문이다. 그러므로 성찰은 우리 내부로부터 출발해야 한다. 변혁을 위해 낭만화하거나 신성시해야 할 영역은 이제 그 어디에도 없다. 이번 내란은 민주주의의 제도와 운용을 수단 삼아 그 민주주의의 토대를 정면으로 파괴하려 한 역사적 전횡이다.

4　시인 김지하가 1975년에 박정희 유신 체제를 비판하며 쓴 시 〈타는 목마름으로〉의 일부.

12월 7일에 내가 열여덟 명의 주권 대리인들에게
보낸 문자의 내용은 다음과 같다.

당신은 절박합니까? 나는 절박합니다.
최후의 절박함 곁에는 양심을 향한 호소만이 남습니다.
정치는 그 이해관계의 경합이 가능한 토대가 있어야 비
로소 가능합니다.
우리는 그 토대를 상실할 위기에 처했습니다.
나는 당신이 자신의 양심의 소리를 듣길 바랍니다.
후회는 결코 미리 할 수 없기 때문입니다.
나는 유권자로서 당신이 투표해줄 것을 믿습니다.
나는 한 인간으로서 남은 인생 동안 당신이 괴로워하지
않기를 간절히 바랍니다.
정직한 양심에 따른 행동을 해주십시오.

이후 놀랍게도 한 개의 번호로부터 회신이 왔다.

[자동답장] 회의 중입니다. 나중에 연락 드리겠습니다. (오전 12시 42분)

아마도 그는 부결이 확정되고 나서 스마트폰을 다시 켰을 테다. 그는 도대체 어떤 마음이었을까? 문자의 발신인과 수신인은 서로 다른 땅을 딛고 있다.

2. 특이점의 생성, 그 게릴라적인 연합

계엄 정국이 펼쳐지고 연일 불타오르는 겨울의 시위는 그 어느 현장보다도 여성 청년들의 힘이 빛을 발했다. 시위의 양상이 바뀐 것이다. 각종 아이돌 팬덤의 응원봉과 여러 정체성의 귀엽고 독특한 표지들이 여의도를 가득 채웠다.[5] 금속노조와 공공운수노조의 화물연대, 여러 학교의 대학생과 퀴어와 페미니스트 그리고 장애인, 비정규직 노동자 등 서로 다른 무수한 얼굴들

5   가령, '강아지발냄새연구회'라든가 '사단법인 와식생활연구회'와 같은 이름을 단 깃발들은 시위에 참여하는 시민들의 일상이 정치와 분리되지 않고 매우 강하게 연동되어 있음을 즐겁게 보여준다. 〈'재치만점' 탄핵 집회에 나온 각종 모임 깃발…전묘조·전국얼죽코연합?〉, 《경향신문》, 2024년 12월 7일.

이 한데 모여 '아파트!'를 외쳤다.[6] 이러한 표지들은 시위에 참여하는 시민들이 각자 자신을 구성하는 주요한 정체성을 최소 하나씩 드러내며 모이기를 욕망했음을 알려주며, 계엄 반대와 탄핵을 외치는 집회는 그간 불화하고 갈등하기도 하던 집단들이 한뜻으로 손을 잡은 반가운 특이점을 만들어냈다. 다종다기한 세력들이 일사불란하게 결집한 현상은 그간 정체성 정치의 위기이자 한계로 지적받던 '분열'이 타파되는 특별한 순간이었다. 2016년 촛불집회 이후 팽배했던 좌파와 진보에 대한 실망과 낙심은 이번 집회의 새로운 '젊음'을 통해 가뿐히 타파될 기세다.

　　좌파 멜랑콜리, 이 시대에 혁명은 더는 불가능하

6　이제는 거의 표준 거주 형태로 자리 잡은 아파트는 물론 청년들의 생애 주기와 '좋은' 삶의 걸림돌이 되고 있지만 한국인을 설명할 수 있는 가장 한국적인 아이템인 것도 부정할 수 없다. "한 손엔 저마다 다른 색깔과 다른 모양을 한 아이돌 응원봉을, 다른 한 손에는 '내란죄 윤석열 탄핵'이란 손팻말을 들었다. 가지각색의 응원봉과 그 사이사이를 채운 촛불, 나만의 개성을 담은 깃발들은 다양성이란 가치를 담은 민주주의 그 자체를 형상화한 것 같은 모습이었다." 〈응원봉촛불 양손에 들고 '아파트' 떼창...힙해진 탄핵 시위〉, 《한겨레》, 2024년 12월 9일.

다는 좌절의 감성을 야기하는 요인으로 정체성 정치의 한계를 지적하곤 한다. 무한에 가까운 n으로 쪼개지는 다양성의 이름들이 좌파 공동체의 힘을 약화시키고 분열로 이끈다는 것이다. 가령, '여성'의 정의를 둘러싸고 트랜스젠더를 범주에서 배제하자는 래디컬 페미니즘과 교차성 페미니즘의 대립이 페미니즘 전체 진영의 사기와 힘을 떨어뜨린다는 논리는 이제 우리에게 낯설지 않다.[7] 실질적인 권리와 기회의 평등을 위해 고려되어야 할 차이들이 신자유주의 광풍을 만나 서로의 정체성을 경쟁하며 이해관계의 득실을 따지는 물화된 기준선으로 작용한다. 차별에도 서열이 있다는 무의식이다. 냉정하게 말해 소수자 내부에서도 '주류'의 위치를 점하는 역학 구도는 얼마든지 생성된다. 백인 남성 게이 집단이 퀴어 커뮤니티 내부에서 점하는 특권적 지위가 하

---

7 예소연의 단편소설 〈그 개와 혁명〉《그 개와 혁명—2025년 제48회 이상문학상 수상집》, 다산책방, 2025)은 2024년 12월부터 지금까지의 탄핵 시위가 보여주는 새로운 '젊은' 현장성에 관해 아주 시의적절한 동시대성의 세대론을 정확히 간파한다. 요컨대 21세기의 페미니스트들은 1980년대의 NL과 PD를 부모로 둔다. 발터 벤야민과 웬디 브라운의 '좌파 멜랑콜리'에 관한 논의는 같은 책에 수상작의 작품론으로 수록된 다음 글을 참조할 수 있다. 전승민, 〈사랑의 혁명성〉, 94~96쪽.

나의 예다. 그러한 위계 구도를 부인하고 없는 것으로 간주하자는 것이 아니다. 오히려 문제는 그러한 힘의 차이를 고려하지 않는 데에서 기인한다.[8] 예컨대 한 명의 트랜스젠더에 대한 혐오는 '여성' 다수의 '피해'를 가져온다는 공리주의적 논리 안에서 정당화된다. 삶의 영위가 곧 생존의 유지와 동의어가 된 시대에 이러한 경쟁 구도를 물리치는 것은 쉽지 않은데, 그럼에도 불구하고 서로가 세우던 벽을 단박에 무너뜨리고 하나의 대의를 위해 결집했다는 것은 이번 시국이 정체성들의 위기를 넘어 근본적인 실존의 층위를 위협하기 때문이다.

누군가가 여태 어떤 정치적 노선을 지지해왔든, 성적 지향이 무엇이든 무수히 많았던 n개의 별들은 하나의 특이점으로 결집한다. 차이들의 경합과 갈등이 발생하기 위해서는 그 차이들이 인지될 수 있는 장(matrix)이 있어야 한다. 윤석열의 계엄 내란은 이 장 자체를 파괴하는 행위이다. 이 자장의 바깥에서 무수한 차이들은

---

8 당연한 말이지만 '소수자'라고 해서 모두 같은 소수자가 아니다. 소수자들의 공동체 내부에서도 상대적으로 더 가시화되고 권력을 갖는 '다수자'가 존재하기 마련이다.

존엄한 개인이라는 지위를 지켜내기 위해 하나의 점으로 수렴한다. 극한으로 가까워진 '우리'는 서로의 다른 얼굴을 그 어느 때보다 가까이에서 경험하며 이해할 수 있는 가능성에 도달한다. 예컨대 이런 장면. 중년의 더불어민주당 지지자가 정의당을 지지하는 레즈비언 청년에게 김밥과 물을 건네는 모습, 젠더는 없다고 주장하던 래디컬 페미니스트가 화려하게 치장한 트랜스젠더에게 간이 화장실의 위치를 알려주는 장면, 전장연의 지하철 시위에 화를 내며 쏘아붙이던 아주머니가 휠체어를 탄 노인에게 핫팩을 나누어 주는 장면……. 그간 바라 마지않았던 마음속의 장면들이, 혹은 그러한 상상력을 초과하고도 남는 장면들이 실제로 일어났다.

그 어느 때보다도 근원적인 위기 상태가 도리어 그간 답보 상태로 머물러 있던 정체성 정치의 공황을 타개할 새로운 빛이 되어줄까? 탄핵과 정권 교체가 성공한 이후에도 우리는 서로의 손을 계속 잡을 수 있을까? 정치가 이해관계의 경합이라는 차원에서 보자면 현재의 특이점 속에서 우리는 서로를 결코 놓을 수 없는 상황이 분명한데, 이 국면이 타개되고 나면 이후의 이해관계나 연대는 어떤 모습일까? 누군가를 혐오하는 행위와 감정은 상대에 대한 진정한 이해가 부재하는 동시에 대상에 대한 부정적 편견이 선입견으로 작동할 때 발생한다. 나는 지금 우리가 함께 통과하고 있는 이 n개의 뒤섞임이 서로를 몸으로 이해하는 경험이기를, 각자의 몸에 누적된 미시적인 차별과 배제의 비의도적인 습관이 떼창의 다성성 안에서 조금씩 녹아 이전과 달라지기를 바란다. 그리하여 탄핵의 겨울이 지나고 다가올 봄과 여름, 그 이후의 일상에서 우리가 이전과는 정말로 다른 세계를 살아가기를 바란다. 각자의 전선에서 양보할 수 없는 지점이 발생하더라도 치열하게 경합하되 서로가 역사와 차이를 온전하게 존중하는 정치이기를 바란다. 지금의 특이점이 단지 일시적이고 부득이한 게릴라의 타협으로 휘발하지 않기를 바란다. 본디 희망이란 불안을 배경으로 하는 빛이 아니던가? 부디 우리의 현재가 새로운 연대의 시작이기를 바란다. 불안을 쉽게 떨치고 마냥 낙관할 수만은 없지만 그럼에도 희망을 놓지 않고자 하며, 반드시 그래야만 한다.

3. 수많은 알 수 없는 길 속에 희미한 빛을 난 쫓아가[9]

소녀시대의 '다시 만난 세계'에서 내가 가장 좋아하는 부분은 다음과 같다. (제시카와 유리가 불러서만은 아니다.) 우리가 염원하는 미래가 나타날 구체적인 길목을 일러주기 때문이다.

> 특별한 기적을 기다리지 마
> 눈앞에 선 우리의 거친 길은
> 알 수 없는 미래와 벽
> 바꾸지 않아 포기할 수 없어

"특별한 기적"을 기다리지 말라는 말은 기적이나 미래 따위가 없다는 뜻이 아니다. 방점은 '기적'이 아니라 '특별함'에 있다. 기적은 불현듯 예고없이 나타나지 않는다. 기적은 "포기할 수 없어"라고 노래하는 일상

---

9 소녀시대, '다시 만난 세계'의 가사.

의 지속으로부터 도래한다. 정치는 일상 속에서 일어나는 작고 큰 힘의 다툼과 선택이다. 박근혜의 비이성적인 행보를 비판하던 이들은 그녀의 사적인 행불행을 가늠하며 그녀가 도대체 어쩌다 '그런 인간'이 되었는지를 의문시했다. 그러나 8년 전 국정농단이 통치자가 민주주의를 최대한으로 나쁘게 '이용'하려 했던 문제라면 이번 계엄과 내란 사태는 통치자가 민주주의 자체를 파괴하려 했다는 점에서 다르다. 따라서 질문 또한 이전과 달라진다. 윤석열은 어쩌다 그런 인간이 되었나? 가 아니다. 어쩌다 윤석열이 대통령으로 당선될 수 있었는가? 무엇이 그러한 힘을 추동했나? 질문은 결국, 유권자 개인의 선택이 어떠한 흐름 속에서 이루어진 과정을 분석하게 한다. 이에 관한 연구는 사회과학자들이 이미 진행 중일 것이다.[10] 내가 수행할 수 있는 지점은 객관

10 대표적인 결과물로 국승민, 김다은, 김은지, 정한울이 함께 쓴 《20대 여자》(시사IN북, 2022)를 들 수 있다. 이 책은 2021년 여름에 전국의 만 18세 이상 남녀 2천명을 20/30/40이상으로 연령대를 구분하여 설계한 사회 조사 결과를 해설한 책이다. 최근 선거에서 청장년 유권자들의 선택에 젠더와 페미니즘에 대한 가치관이 미치는 영향 관계를 살펴볼 수 있는 귀한 논의들이 담겨 있다. 조사 참여자들이 답한 질문으로는 이런 것들이 있다: "귀하의 여러 가지 정체성 중에서

적 수치로 설명되는 통계나 인과, 영향 관계의 명료한 해석이 아니라 그것들의 머리 위로 흐르는 거시적인 힘에 관해서다. 말하자면, "알 수 없는 미래와 벽"이 어떤 힘에 의해 세워졌는지 짚어보는 일이다.

앞에서 '젊어진' 연대의 현장, 무수한 정체성과 차이의 장벽이 무너지는 장면이 있게 한 힘이 여성 청년들로부터 비롯한다고 말했다. 혹자는 '여성'이라고 해서 모두가 페미니스트인 건 아닌데 말입니다, 하고 말을 막아설지도 모르겠다. 맞는 말이다. 그런 주장은 논리적으로도 경험적으로도 분명 오류다. (이는 남성들에게도 역으로 적용된다. '남성'이라고 해서 모두가 반페미니스트적인 것은 아니다.) 그러나 젊은 여성들이 같은 세대 남성들에 비해 "페미니스트에 대한 '감정온도'"가 높은 것은 통계적으로 사실이다. 차이는 세 배 이상이다.[11] 페미니

남자/여자라는 정체성이 얼마나 중요합니까?", "페미니즘은 성평등보다 여성 우월주의를 주장한다", "결혼은 반드시 해야 한다" 등. 문항은 그 외에도 성장과 복지, 차별금지법과 동성결혼 법제화, 장애인과 외국인 노동자·이민자, 그리고 북한이탈주민과 난민 등에 관한 입장을 묻는 물음들로 구성된다.

11   "20대 여성이 페미니즘에 대해 느끼는 감정온도는 53.5도였다.

즘에 대한 젊은 여성과 남성의 대조적인 태도는 "진보와 보수 이념의 분화와 강한 상관관계를 갖"는다.[12] 이는 두 성을 '갈라치기' 하는 관점이 아니라 유권자로서의 선택이 이미 젠더화되어 있음을 의미한다. 여기까지 놓고 보면 이십대 여성의 정치적 성향은 당연히 민주·진보 계열이라 예상되지만 실상 그렇지 않다. 《20대 여자》에서 해석한 이십대 여성의 성향은 "정치적 효능감을 느끼지 못하는 '부유하는 심판자'"[13]다. 자신이 가장 중요하게 생각하는 사회적 의제, 페미니즘과 소수자에 대한 정책이 충분히 마련되고 실행되지 못한다고 느끼기 때문이다. 2022년 20대 대통령 선거를 기준으로 책에서 실시한 여당과 야당 대선 후보에 관한 선호도 조사에서, 이십대 여성 부동층은 다른 좌파 지지자들보다 훨

전체 평균은 32.1도다. 페미니스트에 대한 감정온도가 가장 낮은 20대 남성(14.3도)과 비교하면 39도나 높다." 감정온도는 0에서부터 100까지의 스펙트럼 안에서 파악된다. 김은지, 《20대 여자》, 20쪽.

12 "페미니즘 지수와 진보 지수가 강한 '양의 상관관계'를 나타내고 있다. 페미니즘에 긍정적일수록 진보 지수도 높아지는 모양새다." 국승민, 위의 책, 160쪽.

13 국승민 외, 위의 책, 11쪽.

씬 더 진보적이고 소수자에 대해 긍정적인 것으로 드러난다. 가령, '젊은 여성'이라는 기표는 곧장 '문빠'(문재인 대통령의 열성 지지자)라는 기호와 절로 동치되지 않았다. 젊은 여성 부동층은 36.5퍼센트만이 문재인 전 대통령의 국정 운영을 긍정적으로 평가했다.[14]

이러한 맥락에서 여성가족부 폐지를 주장하며 이십대 남성 유권자들의 표를 노린 윤석열의 '젠더 갈라치기'가 얼마나 치졸하고 저열한 혐오 전략이었는지 알수 있다. 게다가 그것의 사후적인 효과로 여기저기서 만연해진 '젠더 갈라치기'라는 표현은 사회 곳곳에서의 분열을 조장하고, 젠더화된 현상에 대해 더 치밀하고 정치하게 접근하는 것을 가로막는다. 예컨대, 내가 지난해 여름에 발표했던 두 편의 비평 중 하나인 〈가장 음험한 가장—코드의 언어 경제로 보는 시와 소설 그리고 비평의 매트릭스〉는 그간의 한국 문학비평이 왜 유독 '퀴어 문학'을 '게이 일인칭 화자 소설'로 의미화하며 호명했는지를 논한다. 나는 이를 두고 2010년대

14　국승민, 앞의 책, 182쪽, 198쪽.

에 본격적으로 가시화된 '#문단_내_미투운동'으로 인해 여성으로 젠더화된 비평이 폭력적인 이성애 남성성을 문학에서 축출하는 것을 가장 큰 지상과제로 삼았으며, "레즈비언 또는 레즈비어니즘으로 연관되는 코드는 '여성'이라는 공통항으로서 이성애 중심의 페미니즘이 여성으로서의 자기 몸의 일부로 (설령 그것이 오인으로 명명될지라도) 감각하기 어렵지 않"기 때문이라고 분석했다. 말하자면 "비평이 '나'의 바깥에서 타자적인 것으로 환대하며 들여오기에 **레즈비언 소설**은 '이미' 너무 가까웠고, '이미' 자기 내부의 타자성"이었기 때문이다.[15] 그러나 이 비평은 (심지어 주어와 목적어가 생략된 채) 다음 계절에 "젠더 정체성을 (헤테로 여성 대 게이, 여성 대 남성 등으로) 내세워 **갈라치기**하려는 과격한 주장"[16]이라는 비판을 받는다. 이는 주객이 전도된 접근으로 젠더와 섹슈얼리티들의 다채로운 얽힘 속에서 축적되어온 서로

15 전승민, 〈가장 음험한 가장—코드의 언어 경제로 보는 시와 소설 그리고 비평의 매트릭스〉, 《퀴어 (포)에티카》(문학동네, 2024), 223쪽.

16 강지희, 〈괴로움을 고통으로 다시 쓰기〉, 계간 《문학동네》, 2024년 가을호, 6쪽. 강조는 인용자.

다른 두 진영의 역사적 차이와 갈등을 마치 없는 것으로 무화하려는 탈정치적 태도다. '젠더 갈라치기'를 의도하며 여성가족부 폐지를 주장하고 그것이 '갈라치기'가 아니라 발뺌하면서 이십대 남성의 표심을 잡으려 하거나[17] 역으로, 젠더화된 양상을 분석하려는 행위를 '젠더 갈라치기'라는 프레임을 씌워 이원론에 기초한 공부를 이분법을 강화하는 싸움으로 만드는 것은 우리가 더 '좋은' 삶으로 나아가는 데 큰 방해물이 된다.

교차성 논의는 그래서 중요하다. 서로 다른 정치적 입장과 이해관계가 하나의 특이점으로 동질화되는 일은 매우 특수한 경우이며 이는 이번 계엄 시국처럼 사회의 근본 토대가 붕괴되는 것을 막아내고자 하는 예외적 필요에 따라 서로의 차이를 후경화함으로써 발생한다. 민주주의가 건강하게 작동한다면 우리는 서로의 차이들이 생생하게 경합하고 각자의 이해관계와 그것들이 만들어내는 위계를 직시할 것이다. 소수자가 '다 같은 소수자'가 되는 순간, 우리는 서로의 차이를 단지

17 〈윤석열 "성별로 갈라치기한 적 없어… 투표 결과는 다 잊어버렸다"〉,《한국일보》, 2022년 3월 10일.

억압을 철폐하기 위한 수단으로서만 대우하는 과오를 저지르게 된다. 싸움에서 이기기 위한 도구가 아닌 우리의 얼굴 그 자체로서의 차이들로 나아가야 한다. 젠더화된 양상을 세밀하게 짚는 것은 그 얼굴들을 오롯하게 보기 위한 노력이다. 퀴어와 페미니즘 역시 예외일 수 없다. 소수자 내부의 역동성, 서로 다른 역사와 벡터들이 오롯하게 존중받을 수 있을 때, 우리는 단지 억압을 발견하는 기제로서의 차이, 정체성 정치가 아니라 우리 자신이 차이 그 자체로서 대우받는 미래를 당겨올 수 있을 것이다.

처음의 질문도 다시 당겨와보자. 어쩌다 윤석열이 대통령으로 당선될 수 있었는가? 무엇이 그러한 힘을 추동했나? 현재의 비판은 늘 과거에 대한 뼈아픈 성찰을 동반한다. 그리고 그 시간 속에는 다름 아닌 우리 자신이 서 있다. 그가 당선되기 전에 이미 여당과 야당의 건널 수 없는 유구한 정치적 평행선의 계보가 있었고 지역 차별이 있었다. 여성 차별과 혐오, 폭력적 남성성에 대한 미화와 안일한 처벌이 있었다. 결국 이 국면을 타개하기 위해 우리는 우리 내부의 자기 비판을 그 어느 때보다도 치열하게 수행해야 한다. 물론, 이것이 지금까지 끝끝내 유예되어온 이유는 바로 그것이야말로 가장 어려운 정치적 실천이기 때문이라는 사실을 나 역시 모르지 않는다. 계엄은 우리로 하여금 그간의 답보 상태를 물리칠 마지막 최후 한계선을 넘게 했다. 다시 한번, 임계점은 붕괴되었다. 더 이상 무너질 곳은 없다. 있어서도 안 된다.

그간 너무 많은 침묵을 방관하고 용인했다. 만약 우리가 진정으로 이전과는 다른 미래를 원한다면, 그리고 역사의 과오를 반복하지 않고자 한다면 지금부터 우리가 해야 할 일은 정확하고 정직한 직시다. 그 시선의 대상 앞에 바로 자기 자신이 놓이는 것을 두려워하지 말아야 한다. 때로 자기 비판적인 실천은 '내'가 속한 공동체로부터 소외되거나 다수의 지지를 받지 못할 수도 있다. 이미 극도로 파편화된 세계 속에서 소속감을 얻는 것은 매우 귀한 것이며 그것을 잃고 싶어 하는 이는 누구도 없을 것이다. 그러나 비판의 시선을 외부에 한정할 때 더욱 확실해지는 것은 결국 알면서도 자신을 속이고 있다는 부끄러운 죄의식뿐이다. 가장 정치

적인 것은 개인적이며 또한 이제는 개인적인 것이 가장
정치적인 시대가 도래했다. 지금부터 우리가 천착해야
할 것은 개인적인 '이름들'이 아니라 엄정한 자기비판
의 실천이다. 그래서 기적은 특별하지 않다. 기적을 만
들어내는 것은 언제나, 한 명 한 명의 '우리'일 따름이
다.

전승민

문학평론가. 서강대학교 영어영문학과 졸업 및 현재 동대학원 석사과정에 재학 중이다. 2021년 서울신문 신춘문예, 제19회 대산대학문학상 평론 부문으로 등단했다. 주요 관심사는 영미 모더니즘 문학 및 퀴어 페미니즘이다. 평론집 《퀴어-(포)에티카》와 산문집 《허투루 읽지 않으려고》를 썼다.

다시 만날 세계에서

**내란 사태에 맞서고 사유하는
광장의 여성들**

© 강유정·김후주·오세연·유선혜·이슬기·이하나·임지은·전승민·정보라, 2025

초판 1쇄 발행 2025년 3월 6일
초판 2쇄 발행 2025년 6월 5일

지은이 강유정·김후주·오세연·유선혜·이슬기·이하나·임지은·전승민·정보라

펴낸곳 ㈜안온북스 펴낸이 서효인·이정미 출판등록 2021년 1월 5일 제2021-000003호
주소 서울시 마포구 월드컵로14길 28 301호 전화 02-6941-1856(7)
홈페이지 www.anonbooks.net 인스타그램 @anonbooks_publishing
디자인 이지선 제작 제이오

ISBN 979-11-92638-57-7 (03810)